ŒUVRES DE DOMINIQUE ROLIN

Aux Éditions Gallimard

L'ÉPOUVANTAIL, *comédie dramatique, 1957.*

TRENTE ANS D'AMOUR FOU, *roman, 1988.*

VINGT CHAMBRES D'HÔTEL, *1990.*

LES MARAIS, *roman, 1991. (Denoël, 1942.)*

DEUX FEMMES UN SOIR, *roman, 1992.*

LE JARDIN D'AGRÉMENT, *roman, 1994.*

L'ACCOUDOIR, *roman, 1996.*

LA RÉNOVATION, *roman, 1998.*

JOURNAL AMOUREUX, *roman, 2000.*

PLAISIRS, *entretiens avec Patricia Boyer de Latour, 2002.*

Chez d'autres éditeurs

ANNE LA BIEN-AIMÉE, *Denoël, 1944.*

LES DEUX SŒURS, *Denoël, 1946.*

MOI QUI NE SUIS QU'AMOUR, *Denoël, 1948.*

L'OMBRE SUIT LE CORPS, *Seuil, 1950.*

LES ENFANTS PERDUS, *nouvelles, Denoël, 1952.*

LE SOUFFLE, *Seuil, 1952.*

LE GARDIEN, *Denoël, 1955.*

ARTÉMIS, *Denoël, 1958.*

LE LIT, *Denoël, 1960.*

LE FOR INTÉRIEUR, *Denoël, 1963.*

LA MAISON LA FORÊT, *Denoël, 1965.*

MAINTENANT, *Denoël, 1967.*

LE CORPS, *Denoël, 1969.*

LES ÉCLAIRS, *Denoël, 1971.*

LETTRE AU VIEIL HOMME, *Denoël, 1973.*

DEUX, *Denoël, 1975.*

Suite de la bibliographie en fin de volume

LE FUTUR IMMÉDIAT

DOMINIQUE ROLIN

LE FUTUR IMMÉDIAT

roman

GALLIMARD

1

J'ai cessé de rêver depuis plusieurs mois. Mon pays d'inconscient m'expédiait gratis d'intéressants messages écrits d'avance : pas de corrections, pas de ratures, ils se mêlaient avec naturel au chantier du roman en cours comme autant de brefs récits incrustés là, visionnairement. On m'offre ça, donc je prends. Je n'en suis que l'auteur indirect. Certains d'entre eux sont comiques, cruels, insolents ou franchement crus ; leur façon de transgresser la réalité me plaisait. Cela m'effrayait aussi. J'avais fini par en avoir besoin à la façon d'une drogue subtile inconnue. Je les acceptais tous comme autant de cadeaux venus d'un ciel n'appartenant qu'à moi, personne ne pouvait me les voler. Ils me rassuraient sur l'originalité d'un certain *je* clandestin dont aujourd'hui encore j'ignore tout.

Être coupée d'une telle source d'informations m'inquiète. D'où vient la cassure ? On pourrait croire que je suis sanctionnée pour un crime que je n'ai pas commis, même si j'en suis responsable par voie détournée, ce qui est souvent le cas. Peut-être alors faudrait-il condamner à mort mes sommeils ; les vrais coupables dans l'affaire, ce sont eux.

Le courant a paru se rétablir la nuit dernière. Deux rêves me sont venus.

1. Je me trouve dans la salle d'accueil animée d'un grand hôpital. Quelqu'un vient me dire à l'oreille que Martin, mon mari sculpteur (disparu en 1957), subit en ce moment même une grave intervention chirurgicale : il a peu de chances d'en sortir. Quel coup ! Je me laisse tomber sur une chaise en sanglotant. C'est trop, c'est trop. Mourir pour la seconde fois me paraît saugrenu, scandaleux. Mourir à répétition ? Du jamais-vu. Au fond de la salle s'ouvre une porte. Et qui vois-je s'approcher ? Martin en personne, éclatant de joie de vivre comme autrefois, torse puissant et doré, les yeux d'un bleu vif, un vieux béret posé crânement sur ses cheveux blonds filetés d'argent. Il m'assure en souriant qu'il n'y a pas à s'inquiéter. L'opération s'est bien passée, le voilà sauvé.

2. La milliardaire américaine Florence Gould n'est pas morte comme je le pensais, elle est devenue clocharde. Entourée de quelques araignées américaines, clochardes elles aussi, elle habite à ciel ouvert au coin de la rue des Saints-Pères et du boulevard Saint-Germain. Elle m'invite à les rejoindre. Nous évoquons mes séjours d'été à Juan-les-Pins. Que c'est loin tout ça ! Sur un ton de vanité satisfaite, elle ajoute : « Venez me voir cet hiver, nous vous choisirons une robe chez un grand couturier. » Mais j'ai hâte de quitter ce troupeau de femelles plutôt répugnant. J'ai gardé le souvenir luxueux d'un palais de marbre blanc où l'on m'accueil-

lait en juillet chaque année, voilà ce qui marque mon imaginaire endormi.

Le verrou de l'angoisse a sauté. Je respire de nouveau. Je n'ai plus peur de rien. Je ne me plaindrai pas de ma fatigue à Jim le bon, le patient, le généreux. À Jim l'éclaireur. Dès son premier regard, en me sachant guérie, il est heureux de disposer ses affaires sur le bureau. Nous sommes attendus pour nos trois Fêtes qu'il faudra honorer : le vin, la musique, le sommeil. Nous les connaissons à fond, celles-là, depuis le temps. Nous savons les toucher là où elles attendent de l'être, et elles en jouissent d'avance. Elles démarrent au doigt et à l'œil. Jim caresse le col de la bouteille de vieux bordeaux, y pose un baiser en la faisant tourner. « Tes pieds », me dit-il. Je les lui tends sous la table. Je lui explique. Mon prochain roman aura pour titre *Le Futur immédiat.* Il approuve.

L'écrivain qui cesse de travailler est foutu. Il est condamné à la peine capitale, il n'aura plus l'énergie de s'asseoir à son bureau en tournant les feuilles du manuscrit, il souffre, il a honte, il perd pied, il s'écroule. Pour le moment, je retrouve ma dignité de vivante grâce à mes deux rêves.

Torse nu, tu traverses la grande pièce pour mettre la musique en route, du Bach peut-être, non, du Haydn, non, du Monteverdi, mais non voyons, voilà du Mozart ! Aujourd'hui, tu es choisi par Mozart, c'est la fatalité même, afin qu'il se glisse dans la trame de notre tissu d'intimité. « Tu vas voir », murmure-t-il, comme s'il s'agissait d'un acte de vue plutôt que d'ouïe. À moins que ce ne soit les deux à la fois. Je suis lente à saisir aussi vite que toi le sens des instants divins, juste avant qu'ils ne soient humainement perceptibles. Même si je suis douée dans ce sens, ce n'est pas suffisant, je suis toujours en retard d'un dixième de seconde sur toi. J'adore tes supériorités. Mieux, je les respecte.

Mozart et son Armada explosent. Nous méritons la tempête, ça, c'est évident. La musique se dévergonde, telle une profanatrice intensément voulue. Elle le sait. Elle est incapable de nous refuser la moindre étincelle de sa folie. Ta bouche s'entrouvre. On te prendrait pour un homme qui meurt de soif. Ton front paraît se minéraliser. Tu te laisses gorger par la masse de cadences que tu connais par cœur. Don Juan éclate, hurle et gronde. Tu te balances. Tu tends les bras pour embrasser l'air. Mon Dieu que tu es jeune ! Tu renverses le cou en arrière. Tu es presque un enfant. Tu bois les tourbillons déments de l'opéra jusqu'à l'épuisement. Et puis, d'un seul coup, tu m'envoies de biais un regard surpris avant de poser l'index sur tes lèvres exprimant un « chut » prudent. Attention. C'est l'instant ou jamais de ne pas commettre de maladresse ou de faute de goût. Une force irrésistible nous contraint au silence. Taisons-nous donc ensemble.

Attends la suite et la fin de la seconde Fête, précédant celle du sommeil, « chut, nous avons tout le temps ». Tu répètes cela souvent, comme un précieux conseil. Tu tires de la bibliothèque un de nos plus anciens disques dont la pochette est en lambeaux. La mémoire va nous brûler, surtout la tienne. Ça y est, Beethoven héroïque rouvre la blessure que tu portes depuis plus de quarante ans, la mort de ton ami

Pierre. Elle ne s'est jamais fermée depuis lors. Je te revois assis à la même place incrédule encore, pleurant des larmes de sang : Pierre, loin là-bas, a été abattu dans une embuscade. La musique a pris tous les droits sur ton très jeune corps. Elle te couvre, elle te couve, elle marche en cadence, tantôt derrière, tantôt devant, sombre, cassée, rythmée. Elle sait ce qu'il faut faire, la déesse, pour ne manipuler la fureur et le désespoir qu'à bon escient.

Je veux que ce livre soit un dialogue sans questions ni réponses. Il se contentera de s'évader du creuset de ma tête tout en y restant bloqué. Ta seule activité, Jim, consistera à m'écouter t'écrire. Nouvelle technique de fiction refermée sur elle-même en spirale agissante. Si tu savais à quel point je souhaite le réussir, tu éclaterais de rire, tu n'en reviendrais pas. Eh bien, ris donc, mon vieux, tu sais encore beaucoup mieux que moi la connivence entre le rire et les grandes choses.

Comment définir ce que j'entends, moi, par futur immédiat ? J'imagine que ce dieu nommé Temps nous en jette à la figure, seconde après seconde, avec l'insolence d'un maître primordial. Je prouverai le ridicule des aphorismes dont il se sert pour nous berner : le temps passe, le temps me pèse, je n'ai pas le temps, j'ai perdu mon temps, le temps me manque, j'ai gagné du temps, j'ai tué le temps. Cette criminelle orgie de mensonges débusque avec orgueil, dégoût ou satisfaction notre inaptitude à vivre. Rien que ça. Et personne n'ose en parler.

Je fourbirai mes armes.

L'ennemi veut ma mort que je ne crains pas. Les chiffres sont des salauds. Ils comptent sur les faiblesses du corps, vertiges, raideurs, etc., pour m'avoir à disposition. Malgré cet atout majeur, ils ne m'auront pas car ils sont bornés (de leur plein gré, du reste, eux ils aiment jouer les imbéciles). Mauvais acteurs, les chiffres ! Je mourrai, d'accord, mais jamais je n'accepterai d'être morte. Nuance. La tour de contrôle du grand cirque, c'est moi qui la surveille.

Jim part pour son île.

Je refais le lit, colosse Directoire en acajou aux ornements de bronze. Ce qui n'est pas une mince affaire : retourner le matelas, border les couvertures et les draps en se cognant les genoux, les épaules et les coudes. Une fraîche odeur d'avenir se répand dans la chambre. Jamais personne ne s'est allongé sur ce monstre, à part lui et moi. Je pense au lit défait peint par Delacroix, comme un meuble saccagé par un vieux cyclone au désordre charnel. Tissus entortillés creusant partout des grottes convulsives. Où est l'homme ? Où est la femme ? L'artiste les a exterminés à coups de pinceau, de fouet, de poignard. Griffes, dents, magie ordinaire.

— Et vous, pour les vacances, vous partez où ? Espagne, Italie, Grèce, Brésil, Martinique ? Corée ? Japon ?

— Je pars pour *Ici.*

— Ici, où ?

— *Ici-ici.*

Le questionneur lève les sourcils, troublé, un peu inquiet.

— C'est très loin ?

— Transport instantané jusqu'au pays d'Ici-même. Futur immédiat.

— Pourtant...

— N'insistez pas. Explications interdites.

Après un méchant sommeil, j'ai touché la place que tu occupes à mon côté dans le lit. Je me suis retrouvée seule sur les Zattere. J'ai pensé que tu étais descendu un instant dans la grande pièce pour t'« en fumer une », comme tu dis si joliment. Je t'ai appelé. Tu n'as pas répondu.

Je me suis aperçue alors que la Giudecca était enfermée dans une incroyable masse de brouillard qui ne cessait de bouger et de se retourner sur lui-même, à la façon d'une épaisse baleine blanche. Et j'étais dans l'incapacité de crier au secours.

Non, je ne rêve pas. Au contraire, je vis à plein. Je souhaiterais me rendormir, cela m'est interdit.

Je frappe du pied les dalles du quai. J'entends s'approcher les grands bateaux du samedi qui vont trouver abri dans les profondeurs du port, mais je ne les vois pas, je perçois seulement la toux rythmée de leur moteur, une toux presque étouffée comme celle d'un enfant bronchiteux. Je frappe du pied les dalles du quai toujours indistinct. Il est temps d'intervenir pour que les nombreuses embarcations circulant sur le bras de mer élargi soient prévenues du danger. Personne n'en a pris conscience.

— Ah ! bon ? Vous avez donc l'intention de passer tout votre été à *Ici* ?

— Bien entendu. J'y resterai jusqu'au retour de Jim, qui a besoin d'être seul. Il travaille comme un fou à son Mozart, voyez-vous ?

— La Région d'*Ici* vous plaît-elle tant ? Vous n'êtes pas dérangée par le manque d'air, la solitude ?

Je résiste avec vivacité aux questions sucrées du persifleur invisible. Il s'arrange pour dissimuler sa curiosité malveillante à propos du mystère Jim. Je connais la chanson, depuis le temps ! Aujourd'hui encore, le mystère Jim n'est pas élucidé. Ça embête ou ronge tous ceux qui ont plus ou moins décidé de ne pas le comprendre. Je les surnomme les Inertes, de la famille de certains mollusques imbus d'eux-mêmes et satisfaits de leur sort. Leurs erreurs d'instinct ou la vulgarité de leur comportement ne les gênent pas. Au contraire. Ils tiennent à leur opacité qui est, pour beaucoup d'entre eux, une authentique raison d'être. Ils refusent de savoir. Ils ont une peur folle — mais secrète — de voir se lever « le couvercle noir de la grande marmite où bout l'imperceptible et vaste humanité », comme l'écrit Baudelaire. C'est là, et nulle part ailleurs, qu'ils trouvent leur peureux confort. C'est là, et nulle part ailleurs, que commence et se clôt leur circuit mensonger.

Ils réagissent avec violence. « Nous prendrais-tu pour des ploucs, ma chère ? Et crois-tu que nous sommes naïfs au point de ne pas faire la distinction entre un rêve de nuit et la dérive rêvée du jour ? »

L'église sur la place à côté frappe les douze coups de midi, je n'en reviens pas. J'ai fait ma page (dis-je à mon amoureux au téléphone). Douze coups, oui. Ni neuf ni onze, jamais le carillon ne commet d'erreur de calcul : il obéit au Temps sans pitié. Cela fait penser au choc entrecoupé d'une série de petites casseroles hors d'usage. Douze coups ou rien. Elles sont épuisées de n'être que les servantes du chiffre souverain. Ding dong ! Humiliant, le destin qui tyrannise les petites casseroles, elles méritaient mieux.

J'avais tué ma mémoire (ma Lady d'il y a peu d'années), j'en avais par-dessus la tête de ce tyran femelle qui ne cessait de me tenir sous ses griffes. Je l'ai étranglée sous un arbre du bois de la Cambre en serrant le cou au maximum pour être sûre d'avoir fait du bon travail. Je ne l'ai lâchée qu'au moment où j'ai vu ses prunelles se renverser sous les paupières palpitantes. Cet événement a retourné du tout au tout ma façon de percevoir les choses. De toute urgence, il faut métamorphoser l'immense armada de mes souvenirs, du plus éloigné au plus proche, si je veux rester digne de mon passé ! Mort, mort aux inconvenants souvenirs ! Ils nous consument à petit feu pour nous obliger à mourir plus vite.

Et place, place à leurs successeurs que j'ai frappés d'un nouveau cachet d'identité. Je les nomme tour à tour fulgurances ou révélations, ou bien extases, épiphanies, visions, incandescences. Brillants, vifs, légers, beaux et généreux ils se bornent à trouer le temps vécu comme autant d'astres occupant en toute harmonie le ciel de chacun d'entre nous. Ils s'y promènent avec grâce. On ne peut que les aimer et se fier à eux, ils ne pèsent jamais, leur corps bougeant dégage une chaleur douce, uniforme, ne laissant sur leur passage de comète qu'un sentiment d'adhésion absolue. C'est grâce à ces visions mobiles que j'ai commencé un vrai travail d'élucidation. Mon père et ma mère ont été les premiers touchés par la métamorphose.

Ils ont cessé de me détruire dans la mesure où, prisonniers les uns des autres, nous nous étions trop aimés. Que les morts vivent de leur côté et moi du mien, me disais-je désormais avec un ravissement stupéfait, encore incrédule. Ensuite la série des petits morts secondaires, oncles, tantes, cousins, cousines, amis premier choix, second choix. Et ainsi de suite, toute la série des morts légers, discrets, pudiques, bref, facultatifs, ont trouvé dans ma tête une place honorablement humble. J'ai désormais le droit de m'approcher d'eux sans risquer moi-même une agonie plus ou moins lente. Le constat de ma propre désagrégation soufflée par anticipation. Ainsi, à force de patience, j'ai pu me rapprocher d'eux au point de les toucher de très près, et même d'entrer en eux comme on veut, la porte d'accès étant entrebâillée en permanence.

Au cœur de la nuit, je me suis réveillée dans un bain de bonheur. Le *fait* et le *non-fait* du futur immédiat coïncident glorieusement. Je suis débarrassée d'eux, je n'ai plus aucun souci à me faire, avoir écrit, écrire, etc., peuvent se passer de ma personne. Et je sais pourquoi j'étais si heureuse en me retournant dans le lit après avoir caressé le creux réservé à Jim quand il est là. Ma tête en ébullition permettait aux idées de s'ordonner librement : d'avance elles sont écrites, d'avance elles entrent dans le courant du manuscrit et se chargent de rester fidèles au projet initial. Le trésor de milliers d'images accumulées prend enfin toute sa signification.

Instant étrange, juste avant de me rendormir, qui me paraît aussi important que saugrenu : à l'extrémité de mon bras droit, la main s'est soulevée en rampant pour se diriger vers celle de gauche. Je la sens glisser au niveau de mon ventre comme si elle ne m'appartenait pas. Les doigts bougent avec souplesse, à la façon de cinq petits corps indépendants voraces. Leur but est de saisir le poignet droit qu'ils palpent un peu avant d'atteindre les doigts. Ils s'y mêlent, ils se caressent les uns les autres sans oser croire d'emblée à l'union désirée. Voilà. Ils y croient. Ils se recourbent, ils rassurent leur étreinte, ils se communiquent à la fois leur chaleur et chacune des vibrations nerveuses les obligeant à se raidir. Se raidir jusqu'à l'extrémité des forces. Je les serre tous les dix ensemble. Ils ont oublié qu'en fait, ils sont deux fois cinq corps. Ils ont même oublié que c'est moi, moi, qui suis responsable d'eux puisque je viens d'inventer cette fabuleuse prière. Voilà. J'imagine qu'ils ont coupé le trafic ordinaire du sang dans leurs veines. Ils se relâchent à présent. Se laissent aller. Se quittent, calmement allongés ensuite sur ma hanche droite et ma hanche gauche.

Il me paraît important de noter que je suis sur le point d'achever ma page d'aujourd'hui, c'est-à-dire dimanche. En apparence, Jim semble éloigné d'*Ici* depuis son île. Ce serait ridicule d'interpréter ça comme une distance, une séparation, nous avons vérifié des centaines de fois une telle interprétation. Depuis un temps fou mon Amoureux et moi avons le génie de mettre au point un instrument de synthèse nommé *lui-moi.* S'il fallait le décrire vulgairement, disons qu'il ressemble à un poisson muni d'ailes. Il plonge dans les profondeurs, il s'élève dans l'espace, selon sa volonté il y plane, il y tourne avant de piquer une tête jusqu'au sol, s'autorisant à me retrouver, moi qui l'attends tout en bas.

En notant les douze coups du carillon voisin aux cloches fêlées, leurs timides petites casseroles s'entrechoquant avec une régularité épuisée, j'ai oublié de mentionner une de mes épiphanies lointaines pleines d'effroi : j'ai rencontré il y a peu le Grand-Duc, il m'emmène à Paris pour quelques jours, nous logeons dans un hôtel crasseux de la rue de l'Échaudé, le soir venu il m'enferme à clé dans la chambre qui donne sur des toits crasseux, il a rendez-vous avec une bande de poètes soûlards aussi crasseux, à l'autre bout de la ville, je suis seule, j'ai peur, ma vie est une peur sans fin déjà, oui, alors j'entends le carillon de l'église d'à côté chargé de mission quart après quart, il est une heure, deux heures, trois heures, quatre heures, cinq heures, font les petites casseroles rouillées, jamais plus je ne sortirai de ce cachot, mais voilà, il est six heures, la clé tourne dans la serrure. Suis-je sauvée ? Mais oui, le Grand-Duc ivre mort s'abat sur le lit, me voici perdue pour toujours. Rideau.

Est-il toujours midi ? Peut-être, qui sait ? J'ai faim.

Jim, je me suis faite belle pour toi. Tu bouges là-bas dans ton île entre ciel et eau. Bien sûr que tu penses à moi qui pense à toi au moment où je m'installe dans un coin de la brasserie où j'ai mes habitudes, non loin du carrefour aux perspectives ouvertes. L'anonymat du lieu me dissout de plaisir : il m'a transformée en déesse du contact à distance, situation d'un prodigieux confort qui m'est offert gratis. Me taire, écouter, regarder, c'est tout ce qu'on me réclame. Absorber de l'humain, sucer, mordre, avaler, digérer, intégrer ou rejeter avec plus ou moins de promptitude morale, mentale ou physique, telle est la caution de ma petite extase du moment. Je me concentre pour n'en rien perdre, nous nous mélangeons jusqu'à laisser se dissoudre nos capacités. L'extase a mangé l'extase. J'ai dévoré l'extase, laquelle ensuite a déclaré forfait.

Vive moi.

Vive moi seule.

Je n'ai plus besoin de personne.

Bien sûr qu'il est encore midi, mais un midi totalement différent, plus lourd et plus chaud d'avoir dévoré un grand nombre de minutes et de secondes. Des hommes ne se connaissant qu'à peine ou pas du tout sont accrochés sur toute la longueur du comptoir devant leurs verres, d'abord remplis, puis vidés, de nouveau remplis, attendant d'être une fois de plus bourrés de boissons mousseuses noires ou brunes, dorées ou laiteuses. Les hommes s'arrachent à regret à leur place. Ils se préparent à décoller comme s'ils laissaient dans les soucoupes ou les cendriers une masse de déchets nourris de leurs plaisirs ou de leurs chagrins. L'air du dehors les réduit à néant, ils n'ont jamais existé, d'autres minutes et d'autres secondes ont coulé entre-temps, d'autres hommes aussitôt remplacent les déserteurs. Mouvements machinaux, toujours les mêmes et jamais les mêmes, torses plats, gros ventres, bras couverts de poils, fronts soucieux, bouches rieuses, maussades, il faudrait un dictionnaire entier pour décrire leur démentielle originalité ou leur monstrueuse banalité.

À distance, je surveille l'agitation incessante de cette ruche sans début ni fin. Mais je ne vois rien. Mes yeux sont bandés. La réalité, qui me concerne isolément du reste, remue au-dedans, éclairée par un jour que personne, jamais, ne devine. Faim de loup dans le futur immédiat, celui-ci libère la place en un dixième de seconde aux bras noirs du garçon qui m'apporte l'assiette fumante, l'assiette originelle, la seule assiette qui ait existé depuis que le monde est monde, mon Dieu merci d'avoir accepté de transformer ma personne en corps unique, *le corps* entre des milliards de corps contemporains : il a pour tâche sacrée de planter un couteau dans la chair savoureuse d'un porc. Bénie soit l'éternité, je mange en frissonnant. J'ai cessé de n'être que moi. En cet instant de sacre absolu, Dominique prend son vol. Elle a tout oublié de ses milliers de formes anciennes. Elle n'a plus à chercher quoi que ce soit. Elle a trouvé ! La viande entreprend son riche voyage intérieur. Le ventre chaud, attentif, est comblé d'avance.

Jim ! Jim là-bas m'entends-tu ?

Il me répond oui. Il mange du poisson, muscle de volupté glissante, voilà, passons, passons. Vivre, c'est passer.

2

Le fond de la salle en équerre où j'essaie toujours de récupérer la même place protège mes explosions rapides et sans but précis, sauf de s'inscrire là où il faut, quand il faut, presque à mon insu, au moyen d'une encre spéciale : je suis un grand inventeur, j'ose assurer cette énormité prétentieuse.

Toutes les tables sont occupées à présent. Tracer les deux mots *à présent* est d'une imbécillité ravageante et pourtant exquise. Comment imaginer, fût-ce deux secondes, que nous soyons la proie d'un *présent* quelconque, si réduit soit-il dans sa douceur ou sa férocité ? N'est-ce pas, Jim, mon amoureux de là-bas qui « connaît la chanson » depuis l'enfance ? Si tu viens encore à la vie avec audace, c'est simple : tu es traquée par le fastueux Futur. Il t'a piégée récemment, tu ne l'as pas deviné. Et maintenant, tu en es heureuse et fière. Tu as conquis ta liberté. Cela coïncide avec un changement irréversible de ta profession : fini pour toi d'écrire, et d'écrire encore et toujours. Tu as renié ton double.

Les jeux des miroirs fragmentés d'alentour t'isolent mieux. Le télescopage des plans te raconte plusieurs histoires en simultané. Il s'agit de ne rien rater de ce grand film où seuls les figurants et les rôles secondaires ont de l'importance. Je ris. Je respire en profondeur pour gonfler mon image. Les morceaux brisés de mon visage aperçus là, un peu plus loin, de face, de profil, de trois quarts, de dos. Qui est cette femme seule qui se remet du rouge à lèvres et rajuste les mèches de son chignon ? Pas moi, pas moi du tout. Que je l'apprécie ou non n'a aucune importance. Ses petits yeux gris plissés d'attention. Sa bouche entrouverte. On peut croire qu'elle va s'expliquer devant son public bien qu'elle ne le connaisse ni d'Ève ni d'Adam. La voilà qui se lève. D'un geste maladroit, elle envoie le carafon d'eau sur le sol. Il se brise en mille morceaux. Confuse, elle présente ses excuses au garçon dont le regard fuit, il refuse de dévisager la coupable, c'est-à-dire moi. Il fait son métier à la perfection, cela va sans dire, j'ai le plus grand respect pour ces professionnels de la gueule, il faut les voir courir ou monter à l'étage à toutes jambes, portant, collés au long du bras gauche, une série de plats fumants. Roman fantastique à écrire en cet instant précis de communion sacrée individuelle, tâche impossible, même s'il s'agit d'un auteur de génie, frites dorées, steaks vapeur inspirés, parfums gras. On se tait. On attend. On baisse les paupières comme à l'église, tes mains s'écartent pour éviter la religieuse brûlure de l'assiette, chacun pense à la sienne, chacun la pré-goûte avec extase, cela ressemble à une prière, vite on passe à l'action. Tuée à coups de fourchette et de couteau, la beauté meurt en un dixième de seconde.

Et je choisis cet interacte de foi resplendissante pour ramener le restaurant tout entier au niveau de nos communes réalités solitaires. La femme au carafon brisé, c'est bien moi, il faut l'admettre en toute humilité car, d'ici une seconde ou deux, pas davantage, je me lèverai.

Voilà qui est fait avec dignité.

Je me tiens droite, plantée au sommet de moi-même, consciente de la solennité de l'événement. Je m'entends déclarer d'une voix puissante : « Écoutez-moi tous, vous qui bâfrez naïvement ici-bas, je suis la maîtresse de l'époque, quittez vos plats du regard, observez-moi, déesse de la compréhension universelle et dispensatrice des plus hauts grades. Ne jetez pas vos couverts graisseux sur les tables, ne bougez plus, courbez l'échine pour mieux m'entendre vous traiter de connards impubères.

Ma voisine de gauche est une fille d'environ trente-cinq ans, lunettes, nez rougi-béant ; elle entame son second pichet de vin à gestes prudents, fastueux, maussades. Une lampée, une bouchée, une lampée, une bouchée, plaisirs strictement programmés, ça doit tomber juste, on n'a pas le droit de léser le vin au profit des aliments, d'invisibles policiers la surveillent sans aucun doute. Son regard chavire. Elle est toujours seule. Pourquoi est-elle ma première cible alors qu'elle manque totalement d'intérêt ? Ampleur de son cul sous une jupe à fleurs froncée à la taille, bras nus assez frais, elle feuillette depuis des mois le même numéro d'un magazine consacré au chanteur Sting. Elle finit par le poser sur la banquette sans l'avoir lu. Son avidité douloureuse traduit peut-être un déchirant orgasme de frigidité irrécupérable. Les mains plaquées sur ses hanches comme pour mieux serrer entre elle et la boisson un rapport d'âpre et sensuelle possession. Si je le voulais avec force, je pourrais me fondre dans son intimité pour tout apprendre d'elle. Mais tu ne m'intéresses pas, vieille fille, vieille folle.

Observe plutôt ce grand vieillard distingué qui déjeune ici chaque jour. Maigre, haut de taille bien que cassé à angle droit au niveau des hanches. Sa jeune servante chinoise l'installe en le débarrassant de son feutre 1930, de son écharpe, de sa canne et de son pardessus, court lui acheter *Le Monde* au kiosque voisin. Pas un mot n'est échangé entre ces deux-là, pas un regard, elle viendra le reprendre ici deux heures plus tard. Il consulte le menu en détail. Il mange avec force, il savoure son verre de vin, la main calée contre sa tempe, ce qui le retient de s'effondrer. Ça donne l'attitude d'un penseur haut de gamme. Pourquoi ne serait-il pas un penseur ? La mélancolie de ses yeux dilatés serait une explication. Récemment, au moment de partir, il s'est arrêté net à mon niveau en frappant le sol de sa canne et disant avec une indignation moqueuse : « Il ne faudrait jamais vieillir. » Quelques mois plus tard, je l'ai aperçu de loin qui traversait le carrefour dans un fauteuil roulant. Il a dû mourir depuis lors, c'est sûr et certain. Quoique ? On ne peut jurer de rien.

La Grande Réalisatrice a décidé de déstructurer son ouvrage. *Déstructurer,* mot admirable, mot fascinant. Supprimer l'épaisse doublure laineuse d'un manteau. En assouplir l'architecture trop rigoureuse. Rétablir l'intimité entre les corps et les tissus, qu'ils se caressent, qu'ils glissent, qu'ils se plaisent et se comprennent, qu'ils échangent leurs fluides, leurs chaleurs, leurs odeurs, leurs respirations. Qu'est-ce qu'une étoffe sinon le mouvant projet d'une pensée attendant sa raison d'être ? Déstructurer un habit, c'est se jeter sur les mots avec violence. On les disperse, on les assemble, on les retourne, on les détourne, on les contourne, on les façonne, ainsi finit-on par créer un nouveau modèle de narration, peut-être tordue mais infiniment plus juteuse.

Coup de barre. Où es-tu, Dominique ? Chez toi.

Tu entreprends (le mot n'est pas trop fort) la descente de ton escalier intérieur, raide et tournant. Tu prends appui sur le mur et sur la rampe, corps incliné à gauche puis à droite. Prudence, les pieds bien collés au passage de chaque marche. Éviter la chute, fracture, appels à l'aide, hôpital, soins, opération, rééducation, bref, dégradations dont, sauvagement, je refuse l'éventualité. Oh ! petite mère, tu en es morte, toi. Au moment de ton accident tu avais hurlé. Tes cordes vocales s'étaient brisées net, perdue ta voix de déclamatrice heureuse, des mots morts sortaient de ta bouche grande ouverte, c'est la dernière image que j'ai gardée de toi.

Jim est un réfugié de luxe dans son île. « Veux-tu que je rentre ? » me dit-il au téléphone avec une douceur de ferme velours. Je te vois d'ici, ramassé sur le manuscrit en cours, ton cou de presque enfant sent bon. Il fait si chaud qu'il s'est mis nu, le roi d'une île a toute autorité sur ses charges : la germination des mots est sa priorité. Et aussi : les variations lumineuses des nuages au-dessus du lac, la moire bleue ou violente de l'océan qui monte ou descend avec sa ponctualité divine, la maison et son grand jardin, conciliabules avec le pépiniériste, il faut remplacer les arbres abattus par la tempête de l'hiver dernier, Dieu merci le jeune figuier a tenu le coup ! Mouettes. Un héron. Sieste de l'après-midi. Poisson parfumé du soir.

Un roi reste un roi n'importe où, à n'importe quel prix, debout sur son socle de bronze. Il n'obéit jamais à rien ni à personne.

Il domine ici, retiré tout au fond de moi. Il est ma sauvegarde. Il est ma carte de séjour, mon passeport, acte de naissance inclus.

Divine comédie du bonheur de vivre.

Pas aussi simple que ça.

Trois semaines d'attente encore avant son retour, c'est-à-dire une immensité d'espace et de temps qui s'obstine à me renier.

Entre chaque nuit qui se ferme en arrière et chaque matin qui se lève se creuse un vertigineux enfer. Quelques gestes mineurs stupidement utiles m'aident à en sortir, voilà qui est beau, voilà qui est respectable. Ouvrir la fenêtre sur la perspective des toits, défaire le lit pour aérer les draps. Mouiller mon visage et relever mes cheveux en chignon, ça dégage, un bain très chaud me plonge dans une odeur de travail prémonitoirement achevé. Reprise du choc très doux de la respiration qui coïncide avec le premier appel au téléphone disant : « Rejette ce que Dante appelle le fardeau d'Adam. » Je réponds : « D'accord. » Ce fardeau de mort menace n'importe qui, n'importe où. Prononcée par Jim, qui sourit même quand il ne sourit pas, la petite phrase en question n'a rien de solennel, au contraire, elle est intimiste et tendre, conseil patient, paisible encouragement à l'audace, à la ténacité. Ça me connaît. Je suis on ne peut plus d'accord.

J'ai donc le droit de rouvrir le manuscrit au point où je l'ai rangé hier. Mais à ma surprise, la phrase commencée la veille n'a pas été interrompue au cours de la nuit comme on pourrait le croire d'habitude. Une main étrange, se substituant à la mienne, l'a poursuivie et terminée. Et je ne suis pas déçue. Au contraire. Cette fin de phrase dégage, mot après mot, une espèce de chaleur intéressante et vierge. À moi de profiter de l'occasion qu'elle me propose en toute liberté. J'en suis la bénéficiaire poétique absolue, personne au monde ne peut me la chiper, soit par bêtise, soit par malveillance, je suis ce matin la reine d'une phrase nocturne anonyme. Mille courants sanguins gratuits, chauds et vifs me parcourent de la tête aux pieds.

Jim, ne crains rien, je me surveille, je me contrôle seconde après seconde, crois-moi, nous ne serons pas déçus, me voici uniquement *moi* pour un centième de seconde encore — et c'est beaucoup, tu le sais !

Corps (écoute bien, c'est à toi que je m'adresse, imbécile, ne feins pas d'être sourd), fous-moi la paix. Mes organes que tu surveilles jalousement y sont fourrés pêle-mêle pour obéir aux basses fonctions. C'est normal. Mais quand tu essaies de toucher ma pensée, c'est-à-dire mon amour et mon travail, je te hais et fais le nécessaire pour te rejeter. Notre lutte à tous les deux s'engage chaque matin, tôt. Tu me vaincrais si je ne t'opposais qu'une résistance plus ou moins ramollie.

Pas de ça, pas de ça. Je connais dans ses moindres replis les secrets de tes manœuvres de souillures. Haaa ! Tu viens de me rater une fois de plus, Corps immonde. Trop tard. Je suis parvenue à te refouler dans tes caveaux étranglés. Tu peux y grogner à l'aise, rien ni personne ne t'empêchera d'écrire. Te voilà maté jusqu'à nouvel ordre. J'ai le droit d'être fière de moi.

Premier appel depuis là-bas : toujours le même.
— Tu te sens bien ?
— Je me sens bien. Et toi ?
— Je ne suis bien que si tu es bien. C'est clair ?

Son « C'est clair ? » jaillit, implacable et doux, géométrique, rectangle vert, gazon sur lequel je m'allonge mentalement aussi longtemps que nécessaire.

Le coup de fil inattendu interrompt mon travail en milieu de page, c'est la voix de mon frère Denys l'aviateur, mort au début de cette année, puis incinéré.
— Bonjour, Sœur.
— Bonjour, Vieux.
« Sœur » et « Vieux » étaient nos identités mutuelles depuis l'enfance, jamais remises en question, sauf une seule fois, juste avant la fin, en décembre dernier. Il s'est soudain mis furieusement en colère, il criait : « Je ne suis pas vieux, c'est toi qui es vieille. » Nous nous sommes tus, un peu surpris, choqués même, mais soulagés aussi. Nous ne pouvions pas aller plus loin. « Sœur » et « Vieux » sont sortis indemnes de la petite affaire.
— Le christ en croix que papa t'a donné, tu te souviens ?

Chaleur, détente nerveuse absolue du dialogue entre la vivante que je suis et le mort, le mort mis en cendres depuis février dernier. Ça nous rapproche, pour un peu nous aurions de nouveau sept et neuf ans qui fut le départ de notre vie commune. Ce christ, Papa l'avait repéré au cours d'une promenade à Genck, au croisement de deux chemins de sable argenté traversant la lande de bruyère.

Papa le convoitait follement, ce vieux jésus de bois fendillé, pâle et desséché par le temps, avec sa tête lui pendant sur le thorax. Son désir était si fort qu'il s'était rhabillé en pleine nuit malgré les supplications d'Esther. Il était parti à bicyclette jusqu'au calvaire où le christ somnolait au milieu d'un bois de pins depuis au moins deux siècles, et l'avait rapporté à la maison. Maman sanglotait en se tordant les mains. Depuis lors, le christ ne nous a plus jamais quittés. On l'avait cloué sur un des montants de la bibliothèque, juste derrière le bureau de Papa. Il s'était si parfaitement intégré à nos vies que nous ne le voyions même plus.

Enfin, un certain jour d'avant sa fin, Jean me l'avait proposé sans commentaire. Et depuis, il est pendu contre le mur dans un angle de ma grande pièce, toujours le même avec ses bras chétifs verticalement fixés sur la croix. Mais sa tête s'incline de plus en plus vers l'épaule, prête à se détacher. On le croirait saisi par une fatigue qu'il ne supportait peut-être plus depuis pas mal de temps.

— Sœur (reprend mon frère l'incinéré), tu te souviens que tu me l'as promis pour après toi ? Tu me l'avais dit, n'est-ce pas ?

Cet entretien avec une poignée de cendres me dérange. Brûler un corps est un crime aussi laid que théâtralement comique : enfermer des restes dans un tiroir parmi tant d'autres, pourquoi ? On s'y recueille parfois en serrant les mâchoires, carnaval indigne. Non, rien ne vaut le sommeil en terre, oui, la bonne et riche terre. C'est ce que j'ai souhaité pour ma part, un cimetière de haut niveau, pelouses bien ratissées, fleurs, monuments stupides, oiseaux vifs, juste ce qu'il faut pour que l'oubli s'installe avec sobriété ; je me transformerai sans hâte en *compost* (comme disent les jardiniers).

Quoi désirer de plus noble et de plus juste ? Être consommée avec patience et méticulosité avant d'être digne d'alimenter les ténèbres. Être digérée ensuite, sans autre ambition que celle d'une insignifiance, quoi désirer de plus noble et de plus juste ?

Jusqu'à ce que Dieu, pourquoi pas, descende jusqu'à moi au fond des abysses avant de m'emporter en surfant sur l'infini dont j'apprendrai peu à peu à me gorger.

Je mérite une telle aventure, non ?

Mes compagnons d'en bas, en train d'y parachever leur décomposition obscure, en resteront bouche bée quand ils verront mes ailes se déployer, ils entendront Dieu me dire : « Va, va », la jalousie les fera mourir une seconde fois.

« Pourquoi elle ? Pourquoi elle et pas nous ? » gronderont-ils entre eux, irrités par la partialité du Tout-Puissant à mon égard.

« Pourquoi moi, imbéciles ? » crierai-je alors en traversant des flottilles de nuages de plus en plus élevés,

« parce que vous avez sous-estimé la vie, et moi non, et moi non, compris ? ».

Sieste du dimanche après-midi. Lui là-bas, moi ici, sommes rivés l'un à l'autre dans l'or du sommeil, comprenne qui voudra.

Rêve : un village de haute montagne habité par une seule famille bavardant en paix au milieu d'un chemin en pente raide. Soudain surgit du sommet une fille juchée sur une puissante motocyclette. Elle fonce droit devant elle par bonds fous, traverse la foule des siens qui paraît ignorer la menace de l'affreux massacre, elle exulte, remonte la pente et recommence dix fois le même trajet. Horrifiée, je pousse des cris pour les mettre en alerte. Mais, ô surprise, le chef de famille se précipite sur moi pour me chasser à grands gestes.

J'aurais mieux fait de ne pas citer ce rêve idiot tournant à vide. Tant pis. Je le garde, laissons-lui le temps de se faire une vraie place. Pas une poutre, une baguette, un vulgaire pavé, un caillou, un grain de poussière, un atome qu'il faille mésestimer. Tout est profitable, précisément l'inutile ou le dérisoire.

Denys l'aviateur m'a faussé compagnie. Difficulté pour me replonger dans la trame fluide du travail. Dépasser avant tout l'angoisse, si intime qu'à la longue elle se transforme en corps second maternel. Je suis caressée par mon angoisse qui s'efforce de rendre à mes muscles leur souplesse et leur mobilité perdue. Denys l'aviateur vient aussi d'emporter dans ses sacs le rêve de cette fille à moto qui préparait un génocide familial hors série. Pas mal, tout de même, comme charge infecte d'imaginaire ! Nouveau trésor qu'on me propose gratis, une fois de plus merci, je prends, merci la vie, merci l'injustice, merci mille fois plus encore le scandale : il éclate en éclair et me perfore.

Je me retrouve assise à mon bureau devant ce manuscrit à peine commencé, je le rouvre à la page dix-huit. Jim, je commence à y voir aussi clair que si une divinité me condamnait à la cécité. Se comporter soi-même en aveugle de naissance, telle est la nouvelle habitude que j'ai décidé d'admettre à la lettre. Mon futur immédiat n'a rien à craindre puisqu'il ne sera découvert que pendant mes heures de sommeil. Bien que je sois amenée à penser, dire, supposer, vouloir, écarter avec fureur et dégoût, désirer avec passion, je jure, en ce moment précis où je trace ces mots, de survivre absolument les yeux fermés. Cela me permettra de m'abandonner avec émerveillement aux folies contrastées du temps. Comprenne qui voudra. Pourtant, c'est simple : n'importe quel enfant interrogé sur ce problème secouerait vingt fois la tête pour me dire qu'il n'y a pas d'autre solution de survie. La preuve ?

Il est dix-huit heures, je me penche à la fenêtre, nous sommes au mois de juillet, le ciel est couvert comme en novembre, dans l'embrasure d'une fenêtre en face, un chat m'observe avec une fixité redoutable. J'ai si peur que je m'empêche de fuir.

Et me voici remontant la pente de la maison de Boitsfort où les miens rassemblés m'attendent avec impatience. Pourquoi la rencontre vient-elle si tard ? Nous avons cessé de nous voir depuis quarante ans (disent les uns), cinquante ans (assurent d'autres). Il ne nous faut pas plus de dix minutes d'entretien prudent, coupé de silences ambigus marquant déjà l'ennui que nous éprouvons tous ensemble, assis à la même place que celle d'autrefois autour de la lourde table de chêne à pieds boules, pour nous poser mutuellement la même question stupéfaite : qu'est-ce que nous avons de commun qui nous a poussés à reprendre les gestes d'une intimité que l'on prétend naturelle alors qu'elle ne l'est pas, nom de Dieu ? Et cela sous prétexte qu'un jour trois d'entre nous (les enfants) sont sortis d'un corps de femme accidentellement arrosé par celui d'un homme ? Il a fallu grandir dans l'équivoque de cette énigme sans réponse, conscients de s'être fabriqué chacun une brève petite vie. Ensuite, vieillir les uns après les autres, puis disparaître, emportés ailleurs par le singulier courant d'air de l'indifférence.

Le chat est rentré chez lui, quelqu'un a fermé la fenêtre, je reste accoudée à la mienne, j'aimerais interroger les ouvriers du vieil hôtel démoli qu'on reconstruit de fond en comble à l'angle de ma rue. Des Américains milliardaires l'ont acheté, dit-on, un appartement par étage, foyers tout neufs, pleins d'espoir. Foyers énigmatiques presque aussitôt détruits, les gens s'unissent en croyant s'aimer, se séparent, se volatilisent, et puis voilà. La nuit tombe, rien n'a eu lieu, n'est-ce pas ? Voilà ce que j'aurais dû dire à mon père tout à l'heure, la parole appartient aux morts mille fois plus qu'aux vivants. On ouvre la bouche, on se prépare à poser la question capitale alors qu'il est déjà trop tard.

Triste, moi ? Effrayée, moi ? Pas le moins du monde. Jim est sur le point de rentrer de son île dont il rapportera les morceaux de richesses pensées puis écrites, plus solides et ferventes les unes que les autres. Heureux comme des rois, nous plongerons ensemble dans un sommeil unique au monde. Car nous en sommes les rois muets. Profession ? Amoureux. Il n'y en a pas d'autre. Il y a, dit-on, quelques milliers de métiers dans la collectivité sociale, du plus rentable au plus grossier, du plus audacieux au plus modeste, du plus discret au plus bruyant, du plus raffiné au plus ignoble. Mais celui que l'on définit sommairement par ce que l'on nomme Amour (mot superficiel) ne trouve pas le moindre espace qui lui convienne sur l'échelle des disponibilités.

— Mettez-nous un peu sur la voie, s'il vous plaît, puisque vous en parlez en spécialiste.

— Il n'y a pas de voie.

Les fronts se plissent, les yeux roulent dans leurs orbites, les bouches se pincent.

— C'est d'ordre alimentaire ?

— Oui et non.

— Moral, intellectuel ?

— Ça peut, et ça peut ne pas.

— Beaucoup de monde aspire à ?

— Planétaire. Peu d'élus.

— Pourquoi ?

— Juste le mot mortel à ne jamais prononcer. Ça fout tout en l'air.

— Ça sent ?

— Oui.

— Bon ?

— Le feu.

3

On assure depuis toujours que le temps *passe.* Ce cliché est la grande bouée de secours de l'humanité. « Ah ! Comme le temps passe, mon cher, bien entendu ma chère, mais vous n'avez pas changé, oh ! merci, Achille, et vous non plus, et les petits ? Mariés tous les deux, Aubergine vient d'accoucher de jumeaux, ma chère, elle est déjà enceinte du suivant, pas possible, si, si, la vie est belle, à bientôt, je vous adore, ha ! ha ! ha ! »

L'humanité ment et continue à pondre. Telle est la première vérité de l'éternel mensonge qui nous berce et nous conduit jusqu'aux ténèbres du paradis.

Qu'est-ce qu'une *semaine,* pourrait-on la définir avec précision ?

Jim, je te vois à distance, toujours cloué à ton bureau de l'île où tu es heureux comme un enfant qui n'aurait pas à naître. La lumière venue de l'Océan traverse la porte vitrée pour te refléter en fragmentations éblouissantes, tu es un vrai Picasso, l'odeur marine te frappe et te fixe. Le stylo tressaille par secousses infimes sur la page aux brillances nacrées. C'est pour cette unique raison que j'ai tenu le coup pendant ta longue absence. De toute façon, la somme encore éloignée de ton toi ne m'a pas quittée d'une semelle.

Soyons exacte. Soyons juste surtout : je ne suis jamais « quittée » par qui que ce soit. Les visions (ce qu'on peut nommer des « visions » approximativement ; le mot juste manque, il a toujours manqué et, si l'on y réfléchit bien, sa fuite perpétuelle est une chance pour tout écrivain qui se respecte). Donc la « vision » qui m'est lancée à l'instant même à la figure contient les quelques dessins de Jean Rolin que j'ai rassemblés sur les murs de ma grande pièce. Ils y composent, sans l'avoir ni voulu ni espéré, les séquences d'un puzzle temporel incolore d'une surprenante netteté de traits : le gros chêne de Genck versant des ombres sur le chemin creusé d'ornières, qui tourne là-bas avant de se fondre dans une clairière invisible encore, pourtant elle est là, c'est sûr. Le canal du vieux Nieuport envahi d'herbes broussailleuses. Le calvaire au toit triangulaire, la lande et ses bruyères grises. La route de Gelieren filant avec une molle souplesse jusqu'au bois de pins gris, l'horizon bien cloisonné sous de voluptueux nuages, gris eux aussi.

C'est loin tout ça. Mais c'est intime et beau puisque regardé par moi à travers d'infinies épaisseurs de temps !

Papa entretenait avec un soin particulier la pointe aiguë de ses crayons, des plus durs aux plus moelleux : il cherchait la pointe, la pointe des choses avec une sorte de douceur douloureuse comme si, déjà à l'époque, il redoutait de les perdre. Au cours même de son travail de modeste amateur, il lui arrivait de lever ses yeux d'un bleu perçant, soyeux, habité par une souffrance enfantine irrésolue.

Oh ! Papa. Oh ! Maman qui sanglote en tapant ses petits poings l'un contre l'autre.

Oh Denys l'aviateur ! Son fils l'aviateur noyé dans un bras mort de l'Escaut le lendemain de sa chute en Mirage ! Drôle de mirage.

Oh ! Françoise errant seule dans notre maison d'enfance déchue.

Oh moi, attendant seule le retour de Jim ! Ma vie tout entière peut tourner autour de moi à la façon d'un gigantesque abat-jour translucide couvert d'une infinité de dessins. Bien sûr qu'elle peut ! Elle doit ! Elle est assignée à résidence, ce qui est exactement le contraire d'une prison.

C'est arrivé peu de temps avant son départ pour l'île, il avait mis la musique en route comme d'habitude, et cela correspond toujours avec ce que j'appelle « un grand moment », qui se veut ordinaire, c'est-à-dire libéré de toute explication, de tout dérapage superficiel. Je le sentais venir depuis quelques semaines, ce grand moment impliquant un choix. Jim a lancé vers moi un regard spécial, très sombre, très grave, très hésitant mais d'une extraordinaire douceur, pour me demander s'il serait prudent de partir pour Venise comme prévu. Tout était prêt dans les moindres détails. Ma grande valise toute neuve attendait d'être remplie et j'en connaissais d'avance le contenu. Le cuir sent bon. Les courroies pendent.

Sans hésitation j'ai répondu qu'en effet ce ne serait pas prudent : le trajet, une arrivée tardive, ma fatigue, etc.

Accord muet, accord parfait, pas de problème. Nous renonçons aux Venise de cette année, juin et septembre.

Renoncer ? Vous avez dit « renoncer », chère amie ? C'est déchirant, n'est-ce pas ?

Absolument pas. Rien ni personne au monde ne peut nous déchirer. Par contre, *renoncer* serait une erreur de plume que je corrige aussitôt. *Renoncer* est un des mots les plus ignobles qui soient. Nous n'avons jamais *renoncé* à rien, Jim et moi. Renoncer à Venise, nous ? Pour qui nous prenez-vous, vieux satrapes impuissants ? Je vous entends ruminer d'ici. En vain. Nous sommes faits d'une autre étoffe que la vôtre et vous refusez de le savoir. Par conséquent : arrière, flemmards bornés. Cessez de grogner entre vous. *Renoncer* serait pour nous un crime contre l'art, la beauté, la liberté, le bonheur gratuit d'être. Ce qui serait nous tuer morts après nous avoir tués vivants.

J'ai eu raison. Je veux dire : nous avons eu raison. Nous n'irons plus à Venise, c'est entendu. Mais ce qui n'était pas prévisible, c'est que la ville est venue à nous qui n'avons pas eu besoin de lui faire signe. Pendant les jours et les nuits suivants, nous l'avons vue se rapprocher avec une magistrale subtilité. Nous n'avions pas même besoin de penser à elle ouvertement ou d'évoquer ensemble la masse des souvenirs qu'elle a petit à petit accumulée sous nos peaux depuis quarante années, nous l'avons sentie prendre possession de nos systèmes nerveux et organiques les plus conventionnels. Sa seule exigence : une calme adaptation de notre part au mouvement de magie, c'est-à-dire la foi.

Et nous avions la foi. C'était léger, joyeux. Le bras de mer élargi a pris la décision d'être le premier et le plus puissant de nos collaborateurs visionnaires, aussitôt suivi par la remontée de ces quais menant jusqu'à la Stazione marittima, loin là-bas, au seuil du port. Ensuite s'est imposée l'église d'à côté que nous visitions souvent, surtout Jim : il s'y recueillait un moment chaque matin avant de se mettre au travail carrément dans la chambre aux trois fenêtres. Je le suivais partout, aveuglément. Je le suis partout, ça fait partie de notre contrat. Plus trace de trajets. Distances annulées, dates, saisons. Le soleil nous dévore ? Parfait. La pluie nous agresse ? Pourquoi pas ? Un certain banc de la place San Agnese nous attend chaque soir après le dîner, et nous y écoutons frapper les neuf coups du carillon, devenus depuis longtemps nos mélodies indivises, doux sabbat d'anges venus du fond du ciel alerter les Grands Sages que nous sommes.

Après m'être reposée un bon moment sur le banc d'imagination de San Agnese, me voici installée à Paris, aujourd'hui même, quinze août, sur la banquette de l'abribus du boulevard désert. Ce futur immédiat choisi parmi tant d'autres m'autorise à croire sans vanité que l'on me considère comme le centre d'un Grand Tout. Seule une armée de crétins congénitaux aurait le réflexe de me demander : qu'entendez-vous par *Grand Tout*, espèce de rombière prétentieuse ? Je croise les jambes en dégageant bien le genou comme autrefois pour séduire l'air du temps, j'ai retrouvé, dirait-on, une certaine verdeur d'esprit. Le carrefour d'à côté, les hautes maisons aux volets clos, les magasins fermés, la totale absence de chair humaine en balade, le ciel trois fois plus lointain que d'ordinaire, tels sont les fragments infimes de ce fameux grand tout qui me prend en charge, et c'est exaltant ! Je resterais clouée là pendant un siècle ou deux sans qu'un seul bus s'arrête ici pour m'accueillir. Merveille, me dis-je. Et tout de suite après, en remuant à peine les lèvres pour feindre d'être encore sensuellement rattachée au monde, j'ajoute que je ne quitterai cette banquette qu'après avoir exploré microscopiquement la splendeur du Rien.

Car il s'agit bien du Rien et non du Tout. Me voici enveloppée, soulevée par le *Grand Rien*, l'unique matière avec laquelle nous sommes contraints de nous débrouiller avant d'en sortir. Reposante splendeur de ce Rien qui semble m'être favorable, pour l'instant du moins, il faut en profiter, il faut se méfier de ses caprices tout autant que nous, milliards de poux grouillant sur la peau de la terre, ne cessons de lui manifester nos réticences.

À la seconde même où je commence à en jouir avec ennui (les fesses calées sur la banquette de l'abribus), me voici transportée par un nouveau futur immédiat (nombreux, voraces, ne s'informant jamais si je m'y soumets ou non), jusqu'au bord de la Seine, face au Louvre. Désert, là aussi. Excepté sur la rive, un groupe d'hommes agités désignant de leurs bras tendus un paquet noir emporté par le courant du fleuve. Ils essaient de le retenir au bout de leurs gaffes de pêcheurs à la ligne. Pêcheurs de corps, plutôt, pêcheurs de noyés accidentels ou volontaires. Depuis le pont des

Tuileries où je suis accoudée comme au théâtre, je leur dis d'arrêter leur traque. Je l'estime infâme. De quel droit ces gens ont-ils décidé de sauver ce corps qui, maintenant, aujourd'hui quinze août, a trouvé le repos intégral ? Du haut du pont et malgré ma mauvaise vue, je le vois passer avec autant de précision que si j'étais munie d'une loupe énorme. Aucun détail de sa forme mollement dansante ne peut m'échapper. D'ailleurs, j'ai tout le temps de l'observer à mon aise comme si le courant de la Seine ralentissait exprès pour m'aider, l'eau m'approuve sans doute, elle aimerait que j'aille jusqu'au bout de mon examen.

— Quel âge as-tu, noyé ? dis-je entre haut et bas.

Excellente question. Le dormeur du fleuve a l'air de sourire. Il doit voyager depuis pas mal de temps. Il est fatigué d'avoir parcouru bon nombre de kilomètres sans que personne ne l'ait remarqué. Ses vêtements déchirés prouvent qu'il a déambulé d'une rive à l'autre en se cognant à plusieurs obstacles incongrus : souches d'arbres, masses de déchets, cadavres de rats, de chats et de chiens, appareils hors d'usage tels que télés, fourneaux, casseroles, vieux souliers, et même quelques livres pourris. Ce singulier passant n'est plus de la première jeunesse mais pas vieux encore. Les cheveux longs filetés de gris dégagent son front haut et sérieux, celui d'un penseur dégoûté. Cette idée m'oblige à ravaler un petit rire espiègle, la gaieté étant chez moi un réflexe organique. Un bout de chemise flottante (de bonne qualité) couvre à demi le torse étroit du mort. Une chaîne en or se balance à son cou. Yeux vitreux entre les paupières enflées.

— Pauvre petit, pauvre petit, qu'on le laisse poursuivre en paix son voyage d'eau. Tu n'es pas mort par accident mais par volonté, cela est sûr. Tes apprentis sauveteurs ne comprennent rien au problème du vivre. Ah ! Merci mon Dieu, ils t'ont raté, leurs gaffes n'ont pas réussi à t'accrocher au passage, te voilà déjà loin, te voilà sauvé d'une certaine façon. Tu me fais penser à un étroit radeau qui se prépare à pénétrer la splendeur du soleil couchant. Plus la moindre trace de tes pseudo ravisseurs. Ils sont rentrés tranquillement chez eux. Qu'est-ce qu'un noyé ?

Moi, cependant, je regrette de n'avoir pas su te garder plus longtemps. Te voir un instant debout, par exemple, ce qui m'aurait permis la fouille de tes poches, les papiers d'identité surtout. Comment t'appelles-tu, hein, espèce de Noyant-noyé ? Père de famille nombreuse ? Brillant étudiant en lettres (pourquoi pas ?) ou professeur passionné (pourquoi pas ?). Où sont tes clés ? Je n'ai pas trouvé tes clés. Halte, je ne me reconnais plus dans cet excitant bla-bla suicidaire. Tais-toi, gonzesse.

« Eh bien non, je ne me tairai pas », grogne l'écrivain assis en moi. Je devrais lui laisser plus souvent la parole, ma tendance à réprimer ses petites folies est une erreur grossière de ma part, j'aurais écrit sans doute des livres plus forts, plus libres, plus scandaleux. Ce que je n'ai su faire, tant pis, il est trop tard, bien qu'il me soit permis de temps en temps, quand l'occasion se présente, de commettre un flash aussi grandiose que stupide. Voilà pourquoi le Noyé inconnu ne me quitte pas pour autant. Après mon retour chez moi, le Noyé continue à flotter sous mon front au fil du courant.

Dans un salon douillet d'une des plus belles maisons de la rive, une femme assise devant son miroir achève de se pomponner avant de retrouver, le soir, son amant. Elle est belle, un peu mûre, faite au tour pour le mensonge. Elle cache depuis longtemps sa liaison coupable à l'époux candide qui a tout découvert ce matin même par hasard : c'est lui, le Noyé, il n'est pas encore noyé à l'instant de dénicher au fond d'un tiroir innocent le paquet de lettres d'amour que l'amant adresse à son épouse bien-aimée. La réalité *est* une abominable faute de goût. Le futur noyé sort de la maison en titubant, son cœur explose, il y plaque la main pour empêcher cette sale chose rouge de gâcher le tapis du salon. Sa décision est prise : il mourra sans rien dire à personne, et surtout pas à celle qui le trahit. Il choisit en amont de la Seine le lieu idéal pour l'engloutissement. Pas d'adieux, aucune rancœur, aucun reproche à l'ombre d'une poignée de platanes qui gémissent sous la brise, « basta, basta, basta », il se sent prêt, il a oublié son dégoût lorsqu'il entendait parler de sa décision d'en finir avec la vie. Qui oserait prétendre qu'il s'agit de lâcheté, alors qu'au contraire c'est une marque d'orgueil suprême, un irrécupérable don de soi. Le Penseur saute, le Penseur coule. Il entre dans la catégorie des grands innocents de ce monde, il s'en va par tourbillons harmonieux, il dort déjà. L'épouse a terminé sa toilette d'amour, elle attend l'heure de son rendez-vous obscène en se penchant à la fenêtre, mon Dieu que le soir est beau sur la Seine. Elle est si heureuse qu'elle pose un petit baiser sur le haut de son bras pour calmer des frissons d'extase. Tiens, voilà un noyé qu'une poignée d'amateurs essaient d'accrocher au passage. Elle ignore qu'il s'agit de l'homme auprès duquel elle vit depuis longtemps, etc. D'ailleurs, elle est enceinte de son amant, ça c'est la surprise du chef car elle ne lui a pas encore confié son secret, mon Dieu comme il sera heureux, la vie est belle de simplicité, le Noyé s'enfonce dans le divin pays de l'inexistence, au large des responsabilités, la terreur de rire ou non à ses semblables, aimer ou non, payer ou non, conquérir ou non, le saut fatal dans l'eau souillée du fleuve magnifique fait de lui un homme de gloire. Amen.

Le Temps est une femme qui ne cesse d'accoucher obstinément, furieusement, vicieusement. Elle n'a même pas besoin d'écarter les jambes. Ça sort d'elle sans rien demander à personne. Ce merveilleux fléau l'aide à survivre. Personne au monde n'oserait supposer qu'elle est la Déesse-Mère de l'inépuisable humanité.

Jim rentre demain soir.

Jim est rentré ce soir. Il m'attend en bas devant la porte de l'ascenseur. Il me serre, il me dit à l'oreille que je suis belle. Je crois en effet que le tissu souple et glissant de mon ensemble tout blanc à jupe longue doit me convenir. Le choix de mes boucles d'oreilles a pris du temps : il faudrait pouvoir s'en accrocher partout de la tête aux pieds, derrière et devant. Leurs feux multicolores me transformeraient en reliquaire sacré tintinnabulant. Tu vois, Jim ? Il ne s'intéresse pas à ce genre de choses, la frivolité de la femme n'est pas son fort.

Bon champagne, bon vin, mets savoureux.

Jim explique avec une sobriété vive, serrée, fulminante, qu'il corrige les épreuves de son Dante à paraître en octobre, soit cinq cents pages. En main propre, il remettra ce volume superbe à Jean-Paul II l'admirable, le rendez-vous est fixé au début du mois d'octobre. Il me lance de côté un regard de charbon ardent. De haut et de loin, nous entendons hurler les crétins : fureurs, jalousies, incompétences historiques, nous en jouissons, avec discrétion. Nous nous bornons à noter le choc haineux des têtes en voie d'explosion. Ce qui se dit, ce qui se tait, ce qui se propage. Une fois de plus nous apprécions à sa juste valeur la volupté du Grand Mensonge sans lequel il serait impossible de subsister.

Avant de me coucher, je me penche à la fenêtre un instant pour voir où en sont les travaux de reconstruction du vieil hôtel en face. Sublime désert du quartier pendant ces mois d'été. Étrange marée de la brise soulevant ou rabattant tour à tour les grossières voilures enveloppant l'échafaudage du haut en bas de l'immeuble aux murs splendides. On le prendrait pour un navire prêt à bondir, un luxueux navire d'amour. J'espère. Une fois de plus je compromettrais la réalité au profit d'une vision ? Je la mérite, je la mérite haut la main, car tout m'est permis au cours d'une soirée aussi délicate, aussi folle. (« N'est-ce pas, Jim ? » dis-je en moi-même.) Je me sens portée par l'élan d'un futur immédiat particulier : d'est en ouest, mon étroite rue rectiligne est envahie à présent par des centaines de couples jeunes et beaux. Souplement, ils quittent leurs vêtements, s'allongent à même le sol, s'enlacent, s'étreignent, se baisent en ne cessant pas de se caresser. Aucun murmure, aucune plainte, aucun cri ne trouble les hautes façades dormant sous le clair de la lune. Je sors de ma poche mes jumelles enchantées pour observer tous ces corps dont les membres se mêlent étroitement, se lâchent, se retournent, recommencent. Et qu'aperçois-je soudain au centre de mes verres grossissants ? Perdues au milieu d'une masse d'adolescents inconnus, je reconnais Dounia et Cléa, mes arrière-petites-filles, les plus belles, assurément, et les plus joyeuses au milieu de la multitude. Elles ont enfin atteint l'âge de disposer librement de leurs plaisirs, ce qui signifie que moi, Dominique, suis capable de les regarder sans y être vraiment. Je suis loin, je suis loin, ailleurs, très haut, volant de mes propres ailes au-delà de toutes les frontières communément admises, ah qu'elles sont fines et fortes à la fois ! Je peux être fière d'elles. Mon bonheur d'ultra-vie s'épanouit davantage en découvrant que les jeux d'amour ont envahi simultanément toutes les rues de mon quartier, ainsi que chacun des autres secteurs de la ville. Partout : joie, mutisme, sérénité, santé de la chair et de l'esprit, générosité d'âme, plénitude, gentillesse de chacun à l'égard de l'autre ou des autres, extrême concentration des énergies, abîme libéré des assouvissements. Ruisselant là-haut comme un fleuve de lait que contient et dirige la ligne des toitures, la lumière enfin vient m'inonder, achève de m'assoupir.

Serais-je en train de vivre un des plus beaux futurs immédiats qui soient ? Oui.

Il est temps d'examiner de plus près ce que je nomme depuis un certain moment mes « futurs immédiats » insaisissables à première vue, jaillis en direct du fond de ma tête sans qu'il soit possible de les prévoir. Mais il faut faire vite : ils s'éteignent presque aussitôt pour me faire mal ou m'humilier. Aucun d'entre eux n'a le pouvoir de se fixer, fût-ce en éclair, dans un compartiment de ma mémoire. Ils veulent m'échapper, telle est leur vocation joueuse, malsaine : faire éclater à mon insu tout ce qui se dit, se tait par passion du mensonge ou de la vérité. Ils ne permettent même pas de garder d'eux quelques instantanés magiques, cela me calmerait, cela me réconcilierait avec mon je, cela signifierait que je ne suis pas tout à fait indigne d'eux. Tel ou tel visage entrevu, la courbe d'un corps, d'une musique, d'un paysage, l'écho d'une voix, le dessin d'un nez, d'un pied, d'une oreille, le mouvement d'une robe, le tournant d'un chemin, le souffle du vent, et d'autres millions d'et cætera insaisissables à bout touchant : Barcelone en 1960, un petit homme trapu m'avait abordée en me soufflant doucement à l'oreille « ¿ que precio ? », et je me vois exultant un peu plus tard devant la psyché de ma chambre d'ici où s'est cristallisé le reflet d'une femme en robe jaune à bretelles, mes jambes se balancent, je suis émerveillée par cette Dominique qu'on a prise un jour pour une putain sur les ramblas, oui, cet inconnu s'était enquis de mon prix. Oui, je valais de l'argent, et peut-être de l'or, oui, j'aurais pu le suivre, mes gros seins bronzés, ma taille fine, mes épaules bien droites le tentaient. Oui, cela ne tenait qu'à moi, aussi comestible qu'un fruit d'été. Oui, mon prix aurait été le sien, j'aurais pu si je l'avais voulu, je n'aurais même pas dû m'étendre sur un lit, il aurait suffi que je me déhanche un instant encore avec d'intéressants claquements de langue pour prouver ma force et mon indépendance en réponse au mot *precio* gentiment murmuré par cet inconnu parmi tant d'autres inconnus grouillant dans la ville ensoleillée. Il s'agit d'évoquer, quarante ans après, cette fulgurance-là, si chaude et si bonne, pour être comblée.

Moi qui ne rêve plus que si rarement, je me suis arrachée la nuit dernière à un rêve épouvantable. Je suis prisonnière d'une espèce de parking souterrain dont je cherche en vain à m'évader, mes pieds s'enfoncent dans des épaisseurs de boue collante, ma tête est menacée aussi, personne alentour pour me sauver, je me traîne. Je vais mourir ici sans revoir Jim qui m'attend sûrement là-haut à l'heure de notre rendez-vous, j'aurais beau pousser des cris, il ne m'entendrait pas hurler du fond de mon enfer.

Je me lève en sursautant. Il fait sombre encore, à tâtons, je descends dans la grande pièce, sans pour autant me débarrasser du cauchemar. Les meubles et les objets, les plafonds et les murs descendent en spirale dans une espèce d'underground irrespirable, va-t-il m'absorber ? Non, non, non pas ça, n'importe quoi mais pas ça, dis-le-moi, Jim, même si tu es absent. Impossible de retrouver la rassurante fraîcheur de mon vieux décor, bien qu'il soit là, à portée de mes gestes, j'ai beau toucher les choses, je suis incapable de les reconnaître par l'odeur, la matière, les couleurs.

Étrange, n'est-ce pas ?

Je suis ravagée par une angoisse inédite, jamais éprouvée encore aux pires moments de ma détresse.

Ha ! si je décide d'en sortir, ma seule chance est de mieux la cerner en m'appuyant sur les mots justes. Les mots sont issus de moi — et de moi seule. Il est vain d'espérer de l'aide ailleurs.

Tiens donc, me voici ébranlée par un choc léger, il s'agit d'une révélation à la fois tendre et cruelle qui m'autorise à reconquérir mes repères anciens. Je touche mon bureau, j'ouvre le manuscrit où m'attend la page vierge imminente. J'allume la lampe. Je tremble d'appréhension.

Quelqu'un d'invisible essaie de m'envoyer un signe le plus discrètement possible : il paraîtrait que je suis attendue de l'« autre côté » ?

La mort.

Ah ! Ce ne serait que cela ? Ouf ! Elle n'exprimerait ainsi qu'une allusion prudente, d'une pudeur un peu ridicule, n'est-ce pas ?... Elle ne veut rien brusquer. Elle sait à quel point son approche est mal vécue par la plupart d'entre nous. Elle est décidée à y mettre les formes. D'une certaine manière, tout paraît s'organiser comme si elle me voulait du bien, cette sacrée pouffiasse. Elle m'accorde le loisir de m'y préparer avec charme et gentillesse car elle me connaît sur le bout des doigts. Elle n'ignore rien de moi, et par-dessus tout ma passion pour la vie qu'elle déteste en toute intimité scabreuse. Elle respecte jusqu'ici mes frivolités, bijoux, toilettes, etc., ainsi que l'amour qui nous a maintenus vivants, Jim et moi. Pourtant, elle se rapproche, cette gourgandine vicieuse, professionnelle de la prudence et de la fourberie.

4

— Fous le camp, dis-je tout haut, comme si je m'adressais à quelqu'un de réel. Et je me replonge dans mon travail avec hargne pour me débarrasser de ce fantôme douteux.

L'écriture est un luxe. Il me branche aussitôt sur la recherche du mouvement perpétuel aveugle, ce que je souhaite depuis toujours sans le savoir.

Ma main n'est que son instrument dérisoire, il me permet seulement d'aligner des milliers de petits pains d'encre bleue posés tout chauds ligne après ligne, horizontalement, sur les plateaux de milliers d'étagères.

Me voici provisoirement rassurée, épargnée. Mais épargnée de quoi ? Le problème reste entier.

L'appartement de Carmela, voisin du mien, après être resté longtemps vide, abrite un nouveau locataire. Je viens tout juste de le remarquer. Il s'agit d'un bonhomme d'une cinquantaine d'années sans doute, bien que prématurément marqué par l'âge. Il sort de chez lui ou rentre en silence, même présent il est absent. Ce qui n'est pas désagréable somme toute.

C'est reposant. Ses cheveux bouclés sont teints en roux vif. Il m'arrive de l'apercevoir parfois dans le quartier. Il ne regarde rien ni personne, le sol semble être son unique préoccupation comme s'il déchiffrait un texte éternellement maussade. Étrange. Sa démarche un peu chaloupée et ses larges épaules me rappellent mon ancienne voisine. Quand le nouveau locataire et moi nous nous croisons dans l'entrée, nous échangeons froidement deux ou trois propos brefs dépourvus d'intérêt. Ses yeux bleus sont vitreux, sa voix blanche remonte jusqu'au fond des sinus comme autrefois celle de Carmela. Sur le même ton, il se plaint sans cesse de tel défaut dans notre immeuble, mal rénové selon lui. On le croirait né pour gémir, récriminer, réclamer, comme s'il s'agissait d'un emploi rentable. Et d'ailleurs, que fait-il exactement dans la vie ? On l'ignore. J'ai dû m'adapter à cette nouvelle présence qui n'en est pas une et ne me gêne nullement.

Rêve étonnant au cours de notre sieste du dimanche après-midi, près de Jim : nous remontons la rue du Pré-aux-Clercs, interdite à la circulation parce qu'une fête s'y prépare. Une bande de jeunes hommes plutôt joyeux y est attablée sur toute sa longueur à l'occasion d'un riche banquet. Il s'agit des Girondins de la Révolution française condamnés à la guillotine. Ils mangent et trinquent avant l'heure du supplice. (Il faut dire que Jim m'en a parlé un peu plus tôt, mon inconscient sans scrupule s'est emparé du fait.) Soudain, je me retrouve seule dans la rue à présent déserte. Je suis prise de malaises. Je tombe sur mes genoux, je me traîne, je me redresse avec peine avant de nouvelles chutes et je crie « Maman ! ». Jim est là sur le trottoir, indifférent. Il s'amuse à démonter d'étranges petits moteurs noirs servant peut-être à des jeux d'enfants. L'idée de ma mort imminente se fait tellement intense que je me réveille, ma main serrée avec force par la main de mon amoureux serrant aussi la mienne.

Ce spectacle édifiant m'est-il proposé par ce que je nomme l'« autre côté » risquant de me déstabiliser ? Je refuse. Je refuse catégoriquement.

Il a dû pleuvoir violemment pendant que nous dormions. Des gouttes scintillantes descendent encore sur les vitres, petits serpents de cristal.

Et tout à coup, comme pour mieux repousser le rituel négatif d'une existence dont je peux jouir encore en toute liberté, je vois paraître très haut dans le ciel un couple d'oiseaux d'une stupéfiante envergure, des aigles sans doute. Ils viennent du sud et se dirigent vers le nord, sans hâte, avec la souplesse de danseurs abandonnés à l'ivresse de l'espace. Tantôt ils se rapprochent l'un de l'autre ou tantôt s'éloignent sans avoir pris le temps de se toucher. Ils sont tout jeunes, c'est évident, vigoureux, vibrants, joueurs, ils désirent le nord, surtout le nord, rien que le nord, ils passent à la verticale de ma tête et filent se fondre dans les lointains bleus.

Impossible d'ignorer, là aussi, qu'ils m'ont dépêché de là-haut un message ailé gracieux, peut-être innocent, mais qui signifie : « Prépare-toi, ma chère, prépare-toi au voyage qu'il nous est impossible d'éviter. »

Admettons, ma chère, admettons gentiment la perspective de ce voyage-là ; me dis-je en riant jaune. De toute façon, il y aura une fête à la clé. Nous sommes voués depuis toujours au principe de la fête, ce qui n'est pas commun.

Fatigue énorme ce matin. Dans ce cas, il faut laisser le corps comme s'il était déjà séparé du mien. Je fais l'expérience de cette nouvelle stratégie défensive depuis quelques semaines, et c'est payant. Tout s'organise sans effort, presque harmonieusement. Je suis restée au lit plus tard que d'habitude, couchée à côté d'un corps qui n'est plus tout à fait le mien tout en lui ressemblant ici et là par intermittence. Ce contact ne me contrarie pas car il occupe la place de Jim du côté du mur. Toujours à cause de la fatigue qui me raidit sous les draps, je m'enhardis en lui parlant à voix basse pour ne pas l'inquiéter, ce corps devenu mien sans que je l'aie voulu. Il ne répond pas, il se montre grossier à mon égard mais je ne réussis pas à lui en vouloir tant je suis faible. Le seul geste que je puisse me permettre, c'est d'étendre le bras pour le toucher. Seulement alors je découvre que le lit est vide à côté de moi. Légèrement creusé par la chaleur que Jim a laissée là lorsqu'il s'est levé. Je caresse du bout des doigts ce creux chaud encore tendre et me voilà qui fond en larmes. Je retrouve ce fragment de mémoire un instant perdu : Jim avait un rendez-vous en ville très tôt, il n'aurait pas le temps de prendre un bain et son petit déjeuner, il craignait de ne pas trouver de taxi. C'est un homme d'une rigoureuse ponctualité dès qu'il s'agit de son travail, et j'aime qu'il soit ainsi.

Maintenant retrouvée ma conscience de plein jour, je me souviens qu'il m'a embrassée au moment de me quitter en disant « dors encore un peu, dors, dors, je t'appellerai vers midi, ne t'inquiète pas surtout... ». Du coup, j'étais rassurée, le corps virtuel a repris sa place en moi avec un merveilleux naturel. D'un seul élan projetée hors du lit, mes pieds nus sur le tapis sont presque jeunes. Je cours tirer le rideau, ouvrir la fenêtre, l'air froid me frappe au visage, un convoi de nuages funèbres s'est formé à l'ouest au niveau des toits qu'il contourne ou domine, un gros orage s'annonce par grondements sourds. Jim, j'ai peur du tonnerre et tu n'es pas là, que vais-je devenir ? Faut-il me laisser tomber dans un coin ou fuir ?

Soudain, coup de fil électrisant me frappant l'oreille. Venise, la ville étrangère, me couvre d'un faux lever de soleil me traversant de part en part de ses brûlants éclairs.

Une voix lointaine mais précise s'enquiert : « Bonjour, madame, faut-il vous réserver la chambre pour l'an prochain comme d'habitude ? Aux mêmes dates ? » Et je réponds *oui* sans hésitation, j'assume à cent pour cent ce *oui*-là, sorti des limbes alors que Jim n'a pas été consulté. Jamais, jamais ce n'est arrivé encore, mais je suis sûre que mon *oui* contient le sien, magique, audacieux, déraisonnable et si bon qu'il me met au bord des larmes. Deux heures plus tard, en effet, Jim me confirme au téléphone que j'ai eu raison, il approuve, une fois de plus, nos folies personnelles se confondent, oui, oui, nous retournerons l'an prochain là-bas, la chambre aux trois fenêtres est déjà prête, un navire géant entre au port, remorqué par le *Pardus* signifiant *Paradis* en fait (et

Paradis est le titre d'un des plus beaux livres de Jim), à la surface du canal il glisse avec une force ramassée de chien de combat. Le soleil entreprend sa descente, noyé dans le velours et la soie d'or d'un monstre marin. La soirée est douce, nous avons faim, rater tout cela aurait été criminel de notre part, n'est-ce pas ? Oui, doux Jésus, nous serons fidèles au rendez-vous, même si le destin s'y oppose, vous le savez que nous sommes vos fidèles enchantés.

N'est-ce pas, Dougézu ? J'aime assez cette orthographe imprévue. Dougézu, plus intime, se répand du haut en bas de ma personne avec une générosité calculée afin de ne pas manquer la moindre molécule de ce corps douteux. Dougézu, irons-nous à Venise l'an prochain ?

Rien n'est moins sûr. Je déteste écrire ces mots se terminant par un point d'interrogation.

Oui, nous irons, la mort seule nous bloquerait ici comme un couple de parjures ignominieux ; or il n'est pas question d'honorer cette matrone putride. Bouffée d'air frais, une clé tourne dans la serrure. Quelqu'un soulève le rideau jaune du couloir, c'est Olivia la Colombienne, la femme de ménage, très jeune, puissante et belle. Elle se met au travail à la façon d'une glorieuse divinité de l'ordre : silence et discrétion. Elle va, elle vient, monte et descend, occupe la grande pièce avec la radieuse légèreté d'une embarcation, chair fraîche, yeux noirs attentifs, casque de cheveux luisants, poisson divin plutôt que femme, en deux heures sa présence a eu raison de mon angoisse.

Poursuivons. Mon devoir : aller jusqu'à l'extrémité de toutes les extrémités, quoi qu'il m'en coûte. Aidons-nous les uns les autres, au-delà des soupçons. Découvrons enfin la compassion, elle seule est capable de défier les doutes scabreux de la haine. Celle-ci n'a été que trop longtemps mon péché mignon.

Esther, qu'enfin je suis allée voir à l'hôpital peu de jours avant sa fin il y a trente ans. De sa voix brisée de grotte, elle me dit :

— Quelle horreur ce corps qui se défait.

Elle trouve la force de soulever le bras. Geste ravissant de la main. Ses doigts semblent chasser avec une délicatesse inspirée ce qui la gêne et l'indigne à propos de sa forme, c'est-à-dire son ancienne beauté de jeune fille se préparant aux conquêtes en riant de plaisir. Et puis :

— Va-t'en, ma chérie, tu vas rater ton train sinon.

Et j'obéis : il est impensable que je rate le train me ramenant à Paris où m'attend Jim, l'homme que j'aime.

Dominique l'indomptable se soumet avec servilité à l'ordre d'une mourante.

Esther aura la discrétion délicieuse de s'éteindre quelques jours plus tard pendant son sommeil. Ni vu ni connu : elle a quatre-vingt-quatre ans.

Jean, dix ans après dans sa chambre d'hôpital, visage un peu détourné, les yeux très bleus ne voient déjà plus sous les paupières battantes. Il murmure :

— À bientôt, Domi. Repose-toi.

(Oui, repose-toi, Domi, cette visite a dû te fatiguer.) Il meurt deux jours plus tard, tandis que Jim et moi remontons le canal élargi des Zattere. Nous sommes heureux, libres, comme si l'on venait de me décharger d'un poids d'horreur indescriptible. La mort a proposé ses monstrueux services dans des temps convenables. Tout s'est passé en douceur : aucune inclamation déchirante, larmes, hystéries, théâtralisations, gestuelles, etc., rien de tout ça, bref, le contraire de ce que je redoutais la veille encore comme l'ultime supplice qu'inévitablement on nous inflige. Du secret, de la dignité, silences élégants, semi-confidences à peine filtrées, mise en place d'un léger outillage élévateur apte à nous libérer, une sorte de modeste ascension — ou assomption — parmi des milliers d'autres.

Les incidents majeurs (ou futurs immédiats) se produisent toujours en pleine nuit : une sorte de main d'os me tire par les cheveux hors d'un profond sommeil. J'ignore encore ce qu'elle exige de moi. D'une seconde à l'autre, je vais savoir. Je descends me rafraîchir le visage dans la salle de bains, fais un pipi d'ange endormi, remonte me glisser entre les draps et là, brutalement, je sais ce qui m'attend — l'Angoisse, mortelle en général.

Et là, stupeur. C'est le contraire qui m'enveloppe, un délirant courant de bonheur. Serait-ce une erreur ? Une mystification ? Pas du tout. La détente absolue, illogique, inexplicable qui me permet de glisser — telle quelle — sur l'implacable horizontalité du Temps majuscule : il m'aime, le Temps, il m'adore, il m'adopte, il me donne le droit de m'enrouler dans ses plis feutrés sans risques et sans remords. Ce dieu pervers et maladroit me libère d'un coup de son odieuse tutelle. Peut-être suis-je une très vieille femme rongée par la peur, mais aussi une très jeune fille que le Temps vient d'engrosser merveilleusement : j'aimerai, je serai aimée, j'apprendrai à consumer les douleurs, je ne suis pas faite pour souffrir, j'écrirai, j'écrirai surtout, aucune force ne parviendra à me briser, je bondirai par-dessus les fleuves de sang et de chagrin, je mangerai de l'homme, de la femme et de l'enfant, je serai riche et forte et joyeuse, oh Jim, dis-je à voix distincte dans l'obscurité de la chambre, je n'ai rien à craindre de toi comme tu n'as rien à craindre de moi. Nous rayonnerons irrésistiblement jusqu'au bout.

Halte ! Le bout de quoi ?

Il n'y a pas de bout. Laissez-moi seulement jouir un moment encore de cet immense petit délire nocturne, mais oui, mon enfant, et voilà que je me tortille sous les couvertures en mettant des baisers sur mes mains d'écrivain et d'amoureuse accomplie, laissons-nous aller à mon travail de tête bourrée d'ardents termites. Pas d'inquiétude : dès qu'il fera jour, la jeune fille, que féconda le Temps il y a soixante ans, commencera son travail « demain » qui gentiment lui succède. Militants termites métamorphosés en mots, en phrases, en pages.

« Oui, Jim, j'ai fait ma page », lui dis-je au téléphone le lendemain en fin de matinée. C'est-à-dire un « lendemain » devenu « aujourd'hui », lequel presque aussitôt cède sa place à ce qui sera *après*, puis de nouveau l'*après* de l'après de l'après.

Tenter de retourner réellement en arrière vers les millions de temps passés est une folie : ils s'y sont endormis depuis lors par épuisement, par indifférence ou colère, ces « laissés-pour-compte » ont la rancune en unique recours. Bien que je sache par cœur cela, il m'arrive encore de *temps* en *temps* de me replonger dans leurs vagues, par curiosité — morbide ou chagrine. Attention, ma chère, à ces volte-face empoisonnées qui finiraient par avoir raison de mes crises d'audace.

Finalement, mon instinct me protège : la prudence a toujours été mon guide secret, mon remède ultime, dès qu'il s'agit de lui épargner de vaines expériences. Sois heureux, sois heureux, cher instinct, ne crains rien, je suis là non seulement pour t'aider à n'importe quel niveau — et sans réserve, sache-le. Car je fais, à la seconde précise où je m'adresse à toi en direct, une intéressante découverte : tu es un être vivant à part entière. Si je le veux, je peux te toucher, te souffler des confidences au creux de l'oreille, te conseiller d'aller dans tel ou tel sens qui me conviendra à moi, ton maître et ton enfant. Ta victime sacrifiée peut-être aussi, qui sait ?

Plus exactement ton enfant. Jim est mon seul maître, tu le vérifies chaque jour, cher instinct qui ne commets jamais d'erreur de calcul ou d'interprétation. D'ailleurs, j'ai le droit d'inventer un mot plus pointu pour te définir : disons que je suis capable d'*instincter* — et cela dans n'importe quelle circonstance. Très utile, surtout depuis ces derniers mois où je sens ma vue faiblir. Étant trahie par mes performances passées d'œil, désormais je me borne à *instincter*. Voir est superflu. *Instincter*, passé au premier plan de mes perceptions, a le génie de pénétrer dans les profondeurs de n'importe quel visage, soit familier, soit croisé par hasard. Et de chacun de mes regards instinctés, j'extrais des moissons d'images qui me sont strictement réservées. Personne, jamais, ne sera admis à les exploiter à ma place. Et ce n'est pas seulement voir, mais aussi entendre, toucher ou flairer les humains et les choses dont toi, cher instinct, est un désir à l'état pur. Pas besoin de masque, d'intermédiaire, de nuance. Génial, non ? Qu'est-ce que tu en penses, petit chéri ?

Il s'en fout, le petit chéri, il refuse de se laisser distraire par mes bobards intimistes. Mon instinct est un roi, comme l'est celui de Jim, point à la ligne. Insistons pourtant encore un peu sur la question :

À la télévision, documentaire sur la vie et les mœurs des abeilles, beaux insectes aux uniformes galonnés d'or brun. Je l'ai suivi de bout en bout passionnément, avec une fascination répulsive. Cela me surprenait moi-même comme s'il s'était agi d'une affaire dans laquelle je m'étais engagée intimement par erreur. Et c'est vrai dans un certain sens.

La cité des ruches : chacune étant un repaire de folie femelle militairement bâti, conçu avec une rigueur mathématique impitoyable, section par section, répondant à un évident modèle d'extrême droite, délirant dans sa théorie et sa pratique : discipline de fer et répression. Grouillant organe soumis à la volonté d'un infernal führer femelle : la Reine, monstrueux symbole de la Reproduction de l'Espèce, machine structurée exclusivement pour son Profit. L'armée, qu'elle contrôle au-delà même de tout réflexe corporel vivant, n'admet aucune exception aux articles de sa loi. C'est marche ou crève. Et ça marche ou ça crève.

Les sous-hommes que nous sommes, à l'instant où nous savourons sur nos tartines la moelle divine de leurs ouvrages, nous nous bornons à n'être que d'hypocrites capteurs. Nous évitons de penser aux bourdonnants corps de métier se consacrant nuit et jour à l'élaboration d'un nectar. Rien ne peut les déranger. Rien ne peut freiner ou fausser leur passion de créer fanatique, et de massacrer dans les règles.

Des femmes, oui, uniquement des femmes chargées de protéger la royale pondeuse obèse assurant la multiplication de la race.

Un mâle, oui, un seul mâle choisi en haut lieu : à lui revient l'honneur de la pénétrer, de la féconder. Voilà qui est fait : son plaisir de violeur professionnel aussitôt le condamne à mort, c'est-à-dire au supplice qui se doit d'être d'une lenteur raffinée. Un bataillon féminin de jeunes fonctionnaires le garrotte, l'entraîne. On le déchiquette, on lui arrache et on lui broie le sexe, il meurt, l'homme, les restes de sa dépouille sont traînés jusqu'aux murailles du Palais, heil ! puis basculés du haut des remparts avant de s'écraser sur le sol. Telle est l'origine du miel.

Rions un peu. La matinée sera belle.

Je plonge ma cuiller dans le pot de miel, miracle immérité.

Rutilant paysage de mémoire en guise de futur immédiat.

L'enfant Dominique et les siens vagabondent en lisière de la forêt de Soignes avant de se perdre dans un verger ployant sous les fleurs. Esther s'assied à l'écart au pied d'un pommier. Des ombres mouvantes nous inondent.

— Bougez plus, dit Jean.

Il a planté son appareil photographique à triple pied dans l'herbe.

Esther sourit aux anges.

Les enfants se prennent par la main.

Clic. Le cliché est avalé par le petit coffre d'acajou.

Rangée dans mon tiroir de bureau, fragilisée, brunie, hors d'usage, hors du temps, à l'abri des regards idiots de l'indifférence, l'image reprend fraîcheur et vie uniquement grâce à moi qui l'extrais de sa prison d'oubli. Les enfants n'ont pas changé : ils sont les gardiens fidèles et purs des anciennes voluptés. Ils n'ont pas honte d'avoir grandi, vieilli, bien que le petit frère aviateur soit mort, il y a peu. Les pommiers se tordent sous le poids des fleurs au sexe enflé. Les abeilles ivres mortes y entrent, se gavent, reprennent leur vol du côté de Verwinkel, du Vert Chasseur, du Vivier d'Oie, de la Petite Espinette. Avant de rentrer au Palais de leur souveraine, elles s'accordent encore un moment de pur bonheur. Elles goûtent les saveurs de la brise, elles feignent de s'évader au-delà des nuages de ce merveilleux printemps hors d'atteinte, mais aucune d'entre elles n'éprouve l'amertume d'un quelconque regret. Elles ont vécu. Donc elles vivent. Elles ont joui. Donc elles sont immortelles.

Et maintenant, tu commences à comprendre à quel point ta fureur contre le rucher du film et tes interprétations sont malhonnêtes sinon criminelles. « D'extrême droite », disais-tu ? Ces petites ouvrières corsetées de velours et d'or ? Honte à toi. Demande pardon aux colonies de ces princesses infatigables passant leur vie à produire un suc de rêve.

« Pardon, oui, pardon », fais-je à voix basse en me tassant au fond du lit. Je pleure. J'ai mal. Je me retiens d'éclater en sanglots.

Bravo. « Mouille ta chemise », dit-on en langage de sport. C'est dégoûtant mais juste.

Je t'obéis. Ma chemise est trempée. Oh ! mes princesses en corsage chamarré, une dernière fois, j'implore votre pardon.

Téléphone. C'est Jim.

— Tu te sens bien ?

— Merveilleusement.

— Tu m'aimeras toujours ?

(La question revient, automatique.)

— J'essaierai. Et toi ?

— C'est moi qui t'ai aimée le premier.

— Tu en es sûr ?

— C'est moi qui t'ai aimée d'abord. (Bon, bien, inutile de discuter. Il a toujours raison.)

— Sais-tu d'où je t'appelle ?

— Je vais le savoir.

— Pas loin de la Radio : j'y parlerai de Céline. Je suis sous un acacia de l'avenue.

Le portable appliqué à son oreille est surnommé par nous le scarabée, à cause de sa forme creuse, brillante et bombée, que décorent de mystérieux boutons-mamelles ouvrant ou fermant le circuit des paroles. Clac. Terminé.

La journée s'est déroulée une fois de plus avec la souple vivacité d'une soie de Chine que d'intermittents frissons d'air soulèvent. En dépit de mon angoisse, animal increvable, je l'écrirai, ma page, oui, je l'écrirai contre vents et marées. Là où il se trouve, Jim le sait aussi bien que moi, ce qui me sauve. Je me félicite encore d'avoir saccagé une banale ruche à miel avant de me contredire carrément, ça fait partie du travail.

À présent rassurée — donc forte — je me permets de rendre la vie à des milliers de bourdonnantes fées au corps sucré. Je sais qu'elles m'innocentent. Elles sont disposées à m'emporter dans un nouveau voyage de fête dont elles se croient responsables alors que c'est moi, l'écrivain, qui conduis le bal. Mes naïves sorcières m'entraînent en ligne droite vers des contrées fantasques dont elles ne sauront rien. C'est moi qui dirige et choisis (joies ou terreurs), elles sont mes servantes. Suivez le chef, mes enfants !

Sachez tout d'abord que je ne suis pas faite pour la mort : je méprise cette marionnette en uniforme, sa façon de s'habiller est démodée jusqu'au ridicule. Même quand elle se croit riche et prospère, elle a toujours l'aspect d'une clocharde gâteuse ayant perdu le sens de l'orientation.

5

Jim s'arrête au seuil de la grande pièce avant de déposer ses livres et ses manuscrits. L'état de bonheur est toujours (en premier lieu) un choc de surprise émerveillée.

Par conséquent — logique imparable — je ne mourrai jamais parce que j'en suis incapable. Le problème est clos. « Tire la chevillette, la bobinette ne cherra pas. »

Depuis que le monde est monde, pourquoi faudrait-il se fier, au nom d'une fatalité aussi absurde, à la souveraineté de deux pôles soi-disant antagonistes ? La mort d'un côté et la vie de l'autre, lesquelles sont aussi intimement liées que l'eau et le feu, la soif et la faim, le ciel et la terre, l'enfer et le paradis, l'enfance et la vieillesse. Vivre l'unité de ces deux entités non mariables est suffisant : il suffit d'avoir du goût, c'est-à-dire la grandeur de la poésie. Le reste n'est que médiocrité temporelle. J'ai su tout cela pendant la dernière nuit.

La grande pièce était illuminée par les reflets du dehors : le vieil hôtel d'en face, libéré enfin de ses échafaudages, me proposait un saisissant spectacle d'innocence inhabitée, fait pour le rêve ou la fête. Je suis restée là un bon bout de temps, comme en état d'alerte, entrecoupé de visions noires et blanches, j'étais attendue sans doute par un coup de futur immédiat qui se préparait en direct à pénétrer mon livre. Le jour s'est levé. J'ai su qu'un grand bonheur m'attendait en coulisse.

Je n'ai rien raconté de tout cela à Jim. D'ailleurs, nous n'avons jamais rien à nous confier. Impériale prudence. Nous sommes doués l'un et l'autre d'un instinct si pointu que nous n'avons pas besoin de partager les incidents de nos parcours. Écrire, c'est avant tout se taire. Écrire, c'est partager la moelle interdite dont nous sommes les uniques jouisseurs.

Jim s'installe à mon bureau, couvre d'encre son carnet rouge. La moelle, la moelle est là, intouchable, ultra-vivante derrière le mur de son front, glissant jusqu'à la main droite agitée de frissons. La bouche se contracte imperceptiblement. Peut-être est-il en train de se lire avant même d'avoir écrit. Déjà, il se corrige, se relit et, de nouveau, corrige s'il y a lieu les méandres d'un texte qui n'existe pas encore. Tout se joue d'avance au cours de cet instantané à la fois survolté et paisible. Voilà qui est fait. À ce moment, Jim a une façon particulière de se redresser pour trouver appui contre le dossier du fauteuil. Il a besoin de s'abandonner pendant trois secondes à une crise de stupeur douce, à la fois folle et familière. Puis il remet en route un disque de Mozart. La musique sert de relais, il n'y en a pas d'autre.

D'une certaine façon, je suis l'auteur d'une anthologie exclusivement consacrée à Jim. Cet énorme ouvrage concerne tout ce qui le touche de près ou de loin. Histoire de sa peau, de son esprit, de sa puissance de travail ininterrompu, de sa gaieté ou de sa gravité, de ses surprises également. À quoi s'ajoutent en s'y greffant les modulations de ses gestes, du plus éloquent jusqu'au plus dérobé. Aucun détail de cette étrange aventure sans début ni fin ne peut être négligé. Rien n'est superflu, j'ai découvert cela au cours de ce gigantesque et délicat travail d'observation qui dure depuis quarante-deux ans.

Les gestes d'un écrivain sont chargés de raconter, un par un, ce qui peut être — ce qui doit être — un corps aussi singulier. Corps impatient. Corps injuste, ingrat, gratifiant, infatigable. Ses éloquences modulées à l'infini : sauvages, tendres, furibondes, souvent répétitives mais nécessaires. Ses gaietés aussi.

Les gestes sont des collaborateurs absolus. Impossible de s'en passer ou de les négliger par erreur ou fatigue. L'œuvre ne cesse de les réclamer. Qu'est-ce qu'une œuvre réussie, sinon une chair, une chair authentiquement vivace dont les gestes sont les organes, la pulpe, les nerfs, le sang, un luxueux instrument, la patine.

J'ai conçu ce monument bizarre sans jamais l'avoir consciemment voulu. Il s'est bâti de lui-même. S'il n'était qu'un livre ordinaire, il resterait indéchiffrable à n'importe qui. J'en resplendis de fierté quand j'y pense, bien que je n'aie nullement besoin d'y penser. Il continue à tourner sur lui-même, en prenant petit à petit la rondeur et l'épaisseur d'un rouleau manuscrit chinois qui ne sera jamais publié. Il s'est fait de seconde en seconde, de jour en jour, d'année en année. Sphère transparente, on peut le dire, trouée de part en part, à quelque instant que ce soit aussi bien la nuit ou le jour, par la rigueur de mon attention magique et voilà tout.

Précision.

J'y ai travaillé sans jamais supposer qu'il s'agit là d'un travail de titan. Ça peut être doux, léger, feutré, un titan. Et pourquoi pas un ange en disponibilité ? Le plus curieux, c'est sa chance de n'avoir rien de commun avec l'écriture, la musique ou la parole, mais plutôt avec un langage éphémère et définitif suscité par mes intuitions. Tout à coup c'est là, gratuit, presque enfantin, merveilleux. Comme un inventaire vécu à l'écart de ma volonté. Un exemple concret parmi tant d'autres : quand Jim cherche un mot dont il a besoin de toute urgence pour équilibrer la lumière de sa pensée, je le devine à la tension d'un certain petit muscle sous son oreille : je suis seule à l'avoir remarqué.

— Ho !

— Qui parle ?

— Le moi de ton moi. Sois claire, s'il te plaît, ou bien boucle-la.

Jim a passé deux jours à Rome où de grandes choses lui sont arrivées : sa rencontre avec le vieil homme en blanc sur la place Saint-Pierre. Jim lui remettait en main propre son gros travail sur *La Divine Comédie* de Dante. Les huit grandes photos qui en témoignent ressemblent aux rushes d'un film fantastique en noir et blanc. Le Saint Homme, soudain penché, pose la main sur l'épaule de l'écrivain. Ils se regardent sans surprise mais avec une joie sérieuse, sans âge, programmée par l'Histoire, dirait-on, éclair ineffaçable d'un Rien orageux mais doux, discret, bien que vu par le monde entier.

On dirait qu'une telle scène ne te touche pas vraiment, moi de mon moi, alors que nous sommes deux frères siamois ? Il est vrai qu'une paire de poumons unique nous permet de respirer. Alors profitons-en. Je le regarde, mon double chéri, et tu me regardes aussi avec un air d'imploration presque ridicule. Pas de ça, je t'en prie. Si nous pleurons ensemble, nous aurons l'air d'un vieux couple à bout de course, grimaçant, malhonnête. Ah ! voilà qui est bien : tu viens de retrouver ton frais sourire d'autrefois. Tu secoues la tête en signe de complicité. C'est tellement mieux, hein ? Ah ! je t'adore, mon petit moi-moi. Nous avons encore tant de choses belles et bonnes à découvrir ensemble. Il nous faut juste encore un peu de ténacité pour nous garder vibrants.

Le gros œuvre de restauration sur l'hôtel déchu d'en face est presque fini. On l'a sorti de son carcan d'échafaudages. La façade est d'une blancheur éclatante. On en a respecté le style et ses marques : entassement irrégulier des fenêtres sur la hauteur des sept étages, légèrement écrasés à la base à la façon d'un ventre fatigué. De telle sorte que le bel immeuble enfin régénéré ressemble maintenant à un paquebot qu'on aurait ancré là par erreur. On pense irrésistiblement à ceux qu'on voit entrer ou sortir du port de la Giudecca à Venise, vastes, lourds. Et celui-ci est resté enraciné pour de mystérieuses raisons, des questions d'intérêt, sans doute.

Une équipe d'ouvriers couvreurs s'active sur la toiture en y parachevant un travail patient d'orfèvrerie, noble et minutieux, pour que l'incrustation de chaque tuile et de chaque ardoise soit aussi parfaite que celle d'un bijou d'art. D'immenses bâches de protection sont accrochées tout autour de ce chantier-là, ce qui accentue l'illusion que l'immeuble dirige et contrôle un trafic de navigation mondiale en incessant aller-retour. Je passerais des heures à surveiller l'activité clandestine de ces bâches de toile goudronnée aux plis cassants et raidis. Le moindre coup de vent les soulève et les enfle avant de les rabattre avec brutalité. Elles se battent entre elles, se mentent et se flattent, se caressent en poussant des soupirs, ou bien se cognent bruyamment. Pour ma part, j'imagine que leur vraie fonction consiste à m'entraîner avec solennité au grand large de moi-même, mais en vain, ce qui m'effraie et me ravit. Ces immenses draperies infatigablement agitées se transforment tout à coup en luxueux taffetas qu'auraient peints autrefois Nattier, Watteau, Fragonard ou Vermeer de Delft : ils ont pour charge essentielle (car entre-temps ils m'ont oubliée) d'ensevelir le corps d'une femme énormément enceinte dont ils sauraient tout en secret. Ils en devinent les forces d'attaque mais aussi les faiblesses et les lâchetés. L'air de rien, ils se font aider par le vent aux ambitions contradictoires : tantôt ils foncent tout droit et tantôt ils reculent, tantôt se dérobent en oblique ou bien s'effondrent comme s'il leur fallait jouer à la mort.

— Cher *Toi* (c'est-à-dire le *moi* de mon *moi*), oserais-tu supposer que je perds le contrôle de mes délires ?

— Nullement. Je te connais à fond. Tu es le roi des manipulateurs. Le vent travaille sous tes ordres, il est ton humble sujet, il t'obéit au doigt et à l'œil.

— Tu as tout compris, très cher *Toi* (c'est-à-dire le *moi* de mon *moi*, éternel dilemme). Je te félicite pour ta subtilité d'interprétation et t'en remercie de tout cœur.

Pendant les premiers mois de son existence, on installait Dominique dans un berceau de tulle joliment enrubanné. Charmant, n'est-ce pas, comme entrée en matière dans les labyrinthes du mensonge et de l'hypocrisie.

Protégée par l'auvent douillet de son nid, l'enfant voyait s'approcher Jean Rolin, son jeune, espiègle et vicieux papa qui s'amusait à y plonger la tête. Il ouvre grande la bouche, il veut jouer à l'ogre, il pousse des cris épouvantables en se rapprochant, il insuffle à l'innocent bébé le souffle de la terreur et, si possible, de la haine.

Ce n'est qu'un bon demi-siècle plus tard que nous avons compris la vérité : papa était incapable de haïr. En fait, le vieil homme était resté un vieil enfant déçu, par conséquent désespéré. En toute innocence, il cherchait à me communiquer l'irrésistible séduction du malheur, du doute, de l'échec.

— Calmos, Dominique. Ce n'est pas la première fois que tu essaies de te débarrasser de cette chose ignoble sobrement appelée le *moi* de ton *moi*. Tu traînes derrière toi une défroque usée, mortifiée de t'avoir servie trop longtemps. Et tu le sais. Cependant, tu n'oses pas encore accomplir ce geste libérateur. Je te plains d'être aussi lâche et pusillanime.

— Voilà qui est fait. Promis. Juré. Je suis *Je* et le resterai jusqu'au bout quoi qu'il arrive.

Je reprends mon stylo. L'habitude, ce bourreau bien-aimé, m'en donne l'ordre avec sa brutalité coutumière. J'obéis toujours du tac au tac, non sans éprouver la jouissance obscure de la culpabilité. Et c'est un tort. Je devrais toujours me prosterner devant l'Habitude avec le plus parfait orgueil. Car je lui dois tant : c'est elle qui m'a conduite là où il faut, sans jamais commettre la moindre erreur de parcours. Elle apprécie l'écrivain que je suis, elle sait comment le dorloter pour en tirer un maximum de reconnaissance. Il m'arrive parfois de lui résister, ce n'est qu'une feinte rageuse. Très mauvais calcul de ma part du reste, ce qui la fait jubiler, cette grande cochonne à qui j'aimerais tant damer le pion un jour. Non. Je n'y arriverai pas. Je lui ai permis d'entrer dans mon intimité il y a plusieurs siècles, et je ne peux que l'adorer tout en me soumettant à ses monstrueuses rigueurs.

Je n'ai pas tout à fait terminé ma page du jour, j'aimerais me recoucher encore une petite heure et cela m'est impossible car l'Habitude surgit, me tire du lit à coups de pied au derrière en grognant : « Vas-y, crache-la, ton encre. C'est du bon sang tout frais qui gicle sur le papier, le jet de ce sang-là n'a rien à voir encore avec la masse des mots que tu cherches, que tu désires, que tu redoutes aussi. Ah ! je te fais souffrir ? Eh bien, c'est tant mieux. » « Pitié, pitié », lui dis-je à voix basse. La monstresse ne me prendra pas en pitié. Mon sang s'épanouit sur la page avec l'élégance (oui, oui) d'un jeune arbre fraîchement abattu. Je suis délivrée (oui, oui) mais fantastiquement épuisée. Par chance, mon principe de bonheur tient le coup. Rien ne l'ébranle.

Tu as mangé avec plaisir comme toujours. Tu montes t'allonger sur le lit pour aider les bonnes choses à descendre harmonieusement les allées labyrinthiques de ton corps. C'est un vrai devoir de civisme, on ne saurait trop le répéter : il est important de s'assumer vis-à-vis d'un État (politique et social), dont nous sommes le chargé d'affaires officiellement reconnu.

Ensuite, tu enfiles l'uniforme le mieux adapté à la situation. L'instant est délicat.

Tu rectifies ton chignon avant d'accrocher des boucles brillantes à tes oreilles. Tu te parfumes le cou. Tu es prête.

Sortir de sa maison est toujours l'équivalent d'un acte d'audace et de foi.

Sortir de sa maison propose en parallèle une capacité de vision doublée : cela permet de mieux se déplacer à travers ses profondeurs intimes, celles-ci refusant le mouvement. D'un côté tu circules dans les réalités ordinaires de ton quartier. Tu achètes du pain, des fruits, de la viande. De l'autre, tu entreprends un voyage à l'autre extrémité d'un univers dont tu n'as jamais eu la curiosité. L'aventure authentique demeure strictement pincée au bout de ta plume, à qui tu permets de vagabonder d'un pôle à l'autre de la planète sans être menacée par le moindre obstacle. L'écrivain est un athlète du hasard et de la solitude : avec une stupeur inquiète mais émerveillée, il bondit de galaxie en galaxie, de page en page, de ligne en ligne. Je suis rentrée à la maison. Je parcours le journal et ses juteuses catastrophes : fureurs meurtrières, scandales, hypocrisies, bandits présumés innocents ou coupables, couloirs de la mort. Merci les publicités lascives, la grâce des petits enfants violés, etc. Adieu jeunesse ! Adieu trahisons !

Attendre Jim, c'est l'élégante certitude, à la fois mobile, angoissée, violente, énigmatique, dont chaque minute a besoin d'être vécue à part. Quel boulot, mes enfants ! Mon navire de fiction ancré au bord du trottoir n'est plus qu'un immeuble prêt à prendre en charge sept « foyers », un par étage. Cheptel horrible ou grandiose ? Mystère et boule de gomme. On y collera des meubles, des tableaux, des miroirs, des lampes, des tapis, des tentures, des salles de bains, des cuisines, etc. Pourquoi tant de portes à pousser et à fermer au passage par des couples légers et rapides qui se briseront bientôt peut-être ? Pourquoi ces tapées d'enfants transformés en adultes aussitôt ? Luxe aujourd'hui préparant les cris, les larmes, des séparations déchirantes ? Pourquoi — déjà, mon Dieu — tant de morts furtifs ? Et pourquoi laisser croire à n'importe quel imbécile borné, dont moi, depuis toujours obsédée par la volupté haineuse d'attaquer mes semblables ? C'est moi qui les comprends, bien au contraire. Je les défends tous, je les aime, je les prends à charge, je leur enseigne les vérités contraignantes qui peuvent nous entraîner au cœur des vrais bonheurs d'être. Jim, tu es ma bénédiction. Me voilà sauvée, mais il faut aller vite. C'est tellement court, une vie, n'importe laquelle ! Avant tout, y voir clair : aimer ici, mépriser là, pardonner ou condamner — question de flair et non de réflexion. N'importe qui a le droit d'être idiot. Bref : mentir.

Je n'ai pas entendu sonner le réveille-matin. Je saute hors du lit, je suis seule, j'ouvre en grand la fenêtre à l'ouest : au loin, par-dessus les toits, les vitraux du musée d'Orsay flamboient au soleil levant. Terminer mon livre à tout prix. Les agressions tordues de l'âge se multiplient. Je résisterai jusqu'au bout en me tournant vers ce qui me reste d'avenir. Rester digne. À la réflexion, qu'est-ce que le bout ? Dis-moi, Jim, y a-t-il un bout ? Mais non, n'est-ce pas ? Nous sommes convaincus depuis le début de notre histoire que nous sommes attendus par une fête aussi solitaire qu'éclatante, peut-être assez proche ou peut-être éloignée, tout dépend de moi, de mes réserves de résistance et de mon sens des responsabilités. Tu es si fort, si généreux, si sage que tu me fais absolument confiance. La tâche est immense, presque impossible, comme si l'on nous avait fourrés tous les deux dans les épreuves de nos contes d'enfance. Les participants n'ont pas hésité à les traverser les unes après les autres. Jusqu'ici, elles ne nous ont pas effrayés ou rebutés. Nous avons gardé le sens du rire et de la comédie. Voilà qui nous permet de bondir de sommet en sommet sans tenir compte des précipices et gouffres obscurs. Dans la toute première lettre que j'ai reçue de toi il y a presque cinquante années, tu disais entre autres : « Je danse sur ma vie qui t'appartient. » Pas besoin de savoir exactement ce qu'elle signifie. Ni toi ni moi n'avons cherché du reste à lui coller un sens puisqu'elle en est dépourvue. Sa singularité est telle, qu'elle a su préserver une jeunesse acrobatique à travers l'immensité instantanée de nos deux existences. Pas mal, non ?

Pas mal, non, en effet. Mon unique agacement : si je fais un tour d'horizon de pensée, en évoquant quelques individus que nous fréquentons de très près ou non, combien de corps savent-ils qu'il n'y a rien à comprendre dès qu'il s'agit de Jim et moi ? Surtout Jim, inaccessible à la masse des bornés vicieux dont l'ambition consiste à l'effacer. Ils n'y sont pas arrivés, tel est le constat majeur. Ils ricanent entre eux, vont et viennent, ratatinés, enterrés vivants, sous leur ouvrage de haine ou d'ignorance. Ils font presque pitié. Mais non : la pitié serait un cadeau. Ils n'auront rien, ces apprentis assassins, trébucheurs de salons, démarcheurs de gloires enterrées, commis voyageurs exsangues.

À partir d'aujourd'hui, il faut hâter l'allure pour ne rien gâcher des futurs immédiats qui m'attendent au large avec une certaine impatience. Sans doute craignent-ils d'être dédaignés par moi. Plus je vais, plus je suis distraite. Ou bien trop exigeante.

Peu de temps, peu de temps, il te reste peu de temps, se bornent à rythmer désormais les battements de mes artères. Monumentale est la sagesse d'un cœur surmené, et son nouveau refrain boum-boum. M'y fier aveuglément est un devoir. « Je suis une femme de devoir », dis-je à voix haute en me tortillant devant le haut miroir de la chambre pour que mon reflet ait bien conscience de ma conduite loufoque. Pourtant j'ose l'affirmer : ma vie tout entière n'a rien été d'autre qu'une plongée têtue dans les eaux fantastiques du devoir. J'ai toujours su rebondir quand il le fallait pour éviter de sombrer.

Mon cœur soupire
La nuit le jour
Qui peut me dire
Si c'est d'amour ?

Mozart a fait un tour de magie sonore en usant de mots plutôt gris. Si l'on se borne à les débiter sans le rythme nuancé de la musique, si les imbéciles les répètent cent fois par jour en scrutant les yeux de leurs semblables, ils ne méritent que l'enfer du non-amour, du mensonge, de la trahison, de la bestialité. Alors que la mélodie chantée monte, tremble, fléchit et descend, portée par la vague du désir, de l'espoir assouvi, c'est-à-dire la gaieté déchirante consistant à vivre à deux.

Jim et moi marchons en cadence, Mozart est notre supporter. L'entrelacs des *calli* obscures nous ramène jusqu'au bras de mer élargi secoué de phosphorescences. La Giudecca prend la mélodie en charge dans ses remous et ses odeurs vertes. Nous sommes enlevés par un ascenseur translucide. L'image et la réalité se confondent. Nous respirons mieux. Nous nous accoudons pour un moment au bord du ponton du côté des péniches. Une allée pailletée lunaire traverse en biais le canal jusqu'à l'église du Redentore, sur la rive opposée.

La seconde heure d'épouvante ayant marqué mon enfance ne manque jamais l'occasion de me sauter dessus. Quand les grands-parents Rolin passent les vacances d'été à Genck, nous occupons leur maison de la rue Forestière. On m'y a laissée seule tout un après-midi, les autres font des courses en ville, Dieu sait s'ils auront l'idée de rentrer ce soir, ou jamais, la petite Domi est emprisonnée dans le sinistre hall du rez-de-chaussée sans fenêtres qu'éclaire seulement un haut lustre à reflets ternis. La pendule Manchester appliquée au mur est mon unique partenaire, tous les quarts d'heure, j'écoute son ventre d'acajou ponctuer le temps, le temps, le temps, combien de jours ou d'années se répétera ce motif, toujours le même, toujours le même, de captivité. Je me blottis dans un coin, deux murs qui se rencontrent peuvent peut-être me sauver. Loin et très haut éclate un orage dont j'ignore tout sauf qu'il appartient à la vie : j'en serai exclue. Maman, dis-je tout bas. Mais il n'y a plus ni mère, ni père, ni sœur. Je suis l'exilée majeure qui se prépare à mourir. À l'âge de quatre ans, c'est tôt, n'est-ce pas ? Trop tard, trop tard, gronde l'horloge aux entrailles ricanantes. La foudre a dû tomber très près du toit de la maison, j'ai entendu le coup de tonnerre, mais je n'ai pas vu l'éclair. Un éclair, c'est encore la vie. La vie est dehors. La petite Domi est dedans. Alors me vient une idée toute neuve qui n'a rien de commun avec l'enfance : ce n'est pas moi qui regarde cet hypocrite cadran dont tournent les deux aiguilles ; mais c'est le cadran qui me dévisage et me tient. Le Temps m'a capturée, le Temps me veut, le Temps me traque, le Temps me prépare sur un ton grondeur irréversible un épouvantable discours, le Temps est un fauve dont s'échappe un grognement rieur tous les quarts d'heure.

Assez, Temps, je ne te laisserai pas faire. Terminer mon livre, et je t'aurai exterminé.

Je n'entendrai plus jamais parler de toi, vieux salopard que l'humanité adule.

6

Vers l'âge de quinze ans, j'avais écrit un tout premier texte — disparu depuis longtemps. Il avait pour titre *Une conversation*. Les meubles et les objets de la salle à manger à Boitsfort en étaient les acteurs : ils échangeaient ensemble — à voix basse, pour ne pas être écoutés — des propos confidentiels touchant notre univers familial dont ils étaient les prisonniers involontaires. On les avait casés là sans leur demander s'ils étaient ou non d'accord avec ce choix. Tous, indistinctement, nous détestaient, nous méprisaient ou, de temps en temps, par pur caprice d'humeur, ressentaient une certaine pitié à l'égard de ces molles figures indifférentes à leur endroit. En bavardant entre eux, ils tentaient de se prouver leur fierté de *choses*. Et moi qui les observais, je leur donnais raison de se comporter carrément en ennemis de l'humanité : je partageais leur mécontentement, ce n'était que justice, de quel droit avait-on opposé nos existences animées, mobiles, souvent pesantes, à la fausse mort qui leur donnait une noble raideur de muscles et de nerfs.

Aujourd'hui encore, je me pose la question : où commence exactement la vie ? Où finit-elle ? Le fauteuil sur lequel je m'installe chaque matin est-il moléculairement moins *vivant* que mes fesses y reposant en douceur souple ? (siège en cuir, un joli cuir blond-roux). La tasse en porcelaine chinoise que je porte à mes lèvres pour y boire du café (je l'aime violent, noir, électrique) est-elle moins le corps violent, noir, électrique d'un précieux petit animal sur lequel sont peints des couples d'amoureux ?

Hier dimanche, je suis restée assise devant ma fenêtre grande ouverte, saisie d'une brutale extase en observant le ciel balayé par un vigoureux vent d'ouest : un impressionnant troupeau de nuages comme saisis de folie, certains gris, d'autres blonds ou roux, ou noirs, y défilaient sans arrêt en se chevauchant les uns les autres, renversés, jaillissant comme des flèches, tournant sur eux-mêmes, bref s'abandonnant avec frénésie aux cataractes horizontales du vent. Le spectacle n'était nullement un combat guerrier mais au contraire une joute magnifiquement érotique qui semblait n'avoir pas d'issue. Ma fenêtre leur servait simplement de cadre. Et moi, clouée là sur mon fauteuil, la tête renversée en arrière, je me sentais emportée par ce festin de folie aussi muette qu'éclatante.

Jim est arrivé ensuite, je lui ai raconté l'épisode par mots entrecoupés, il a tout compris comme d'habitude et ne m'a demandé aucune explication ; cela nous a rendus heureux jusqu'au soir.

De plus en plus souvent quand je dors seule, je me réveille dans mon lit de jeunesse à Boitsfort. Une odeur de café et de pain grillé vient d'en bas. « Maman », me dis-je à voix haute afin de donner un corps à l'illusion (qui ne se trompe jamais). En bas, dans la salle à manger, maman tisonne le poêle dont elle a vidé les cendres, elle prépare le déjeuner des trois enfants qui partent pour l'école, j'en respire la vapeur de confort, je suis toute jeune, et voilà, je reviens à mon moi d'aujourd'hui. Qu'est-ce que ça veut dire, ce chaud retour d'une sensation depuis si longtemps perdue ? Serais-je en train de devenir ma propre mère pour simplifier le cours du temps ? Pour en télescoper la coulée royale comme si soudain, par faveur magique, on m'en donnait le droit ? Mais non, mais non, chère ambitieuse, il n'est jamais trop tard pour apprendre la modestie. Ma tête commence à m'agacer sérieusement. Elle s'est transformée sans que j'en prenne conscience, en une espèce de labyrinthe dont je ne retrouverai pas l'issue : ses boyaux enchevêtrés s'arrangent pour mieux me perdre, ils m'effraient de plus en plus, ils sont graves, ils ont perdu la grâce espiègle des foires de mon enfance installée chaque année près de la gare du Midi, mon Dieu comme nous adorions nous y perdre puisque nous en sortions toujours plus vivants et lumineux ! Ces moments-là tuaient net, provisoirement, le rêve de terreur du souvenir de ma petite enfance où j'étais poursuivie par le troupeau des canards de bronze aux monstrueux coin-coin. Oh ! ma tête, ma pauvre tête et ses foules d'images, qui me proposent avec arrogance tant de futurs immédiats. Merci, vous m'aidez à poursuivre ma route, vous ne me lâcherez jamais.

J'ai cru malin de retourner prendre un café dans la brasserie du carrefour. Incurable que je suis ! Jusqu'au bout, je croirai trouver le repos éternel dans l'Habitude. La salle est vide, à part deux clients isolés que je reconnais aussitôt avec dégoût. Nul doute, ils m'attendent : dans un coin, la fille maussade termine son second pichet de vin à petites goulées sensuelles tout en feuilletant sans le lire son numéro spécial sur Sting. Elle se caricature elle-même pour m'embêter. À l'angle opposé, le vieillard cassé en deux au niveau des reins mâche le reste de sa viande. Comment donc, ils vivent encore ces deux-là ? Alors que je les croyais bradés depuis longtemps ? Oseraient-ils me faire la leçon ? Non mais, pour qui se prennent-ils ? Ils sont convaincus de m'avoir piégée, moi. *Moi ?* Attendez, mes salopards. Admirez ma noblesse d'allure quand je me lève et quitte les lieux sans hâte, façon de vous prouver à quel point vos tactiques policières non seulement sont vaines mais ridicules. Adieu pour toujours, faux vrais morts, je vous crache dessus moralement. Vive l'Habitude qui m'avait poussée à me reposer là quelques minutes. Pardon, Habitude, de nous avoir calomniées toutes les deux. Nous sommes, cher moi-moi, l'incarnation même du courage et de la persévérance.

Le carrefour entre-temps s'est ranimé, la foule en ce début d'après-midi se fait de plus en plus dense, je plonge en plein dans sa masse avec un ravissement imprévu. J'éprouve un tel bien-être de liberté que pour un peu je m'en lècherais les lèvres. Où se rendent ces malheureux, malodorants pour la plupart ? Ils courent se réinstaller dans leurs bureaux, les bras se balancent au long du corps qu'un effet de contre-nature penche en avant. Ils se ressemblent à tel point qu'ils appartiennent tous au même sexe, hommes et femmes confondus dans la communauté d'une course vaine, chagrine, souvent désespérée. Ces masques, ah ces masques que flétrit la grande peur de l'Espèce ! Car j'en fais partie, moi, de l'Espèce composée de milliers de races inconciliables qui se haïssent. Je les cogne exprès au passage, j'aimerais que certains trébuchent ou tombent, grands ou petits, vieux ou jeunes, pauvres ou riches, tristes ou joyeux, et le plus curieux c'est que je les aime tous aussi, au point que de petits feux d'émotion me brûlent les yeux si je capte avec plus de précision certains visages : je les sens à distance habités par un merveilleux mais fugace espoir d'échapper à leur mesquin enfer secret. Je les regarde, ils me regardent un dixième de seconde en passant, alors nous sommes saisis par l'envie de nous précipiter l'un vers l'autre en appuyant notre menton à leur épaule pour nous chauffer à blanc ensemble sans avoir besoin de parler, nous comprenons tout en un centième de seconde, et ça suffit. Nous venons de tuer l'Espèce au profit de nos innombrables Races, nous sommes des élus de Dieu ou du Diable, qu'importe, les élus, quels qu'ils soient, sont sauvés. Et la vie, qui vient de nous arracher à la misère généralisée, nous soulève jusqu'au ciel. Le ciel de la Fête. Notre Fête. Celle que Jim et moi entretenons depuis toujours et pour toujours avec une férocité généreuse et mutique.

Terminer mon livre à temps : je ne pense qu'à ça, c'est-à-dire à Jim.

Traquer le temps qui me reste. Entreprise plutôt difficile. Le Temps est un monstre informel qui n'accepte aucune contrainte, fût-ce d'être étranglé au vu et au su de n'importe qui, soit en pleine ville soit en rase campagne, il ne manifeste pas la moindre préférence quant à la victime qu'il a choisi de sacrifier en un millionième de seconde. On le croit retiré dans telle ou telle cave à l'autre bout du monde alors qu'il est là, menaçant sa proie de ses ailes immenses de chauve-souris. On essaie de se protéger de lui en jouant la comédie dramatique de quelqu'un qui meurt. En vain. Le Temps est le triomphateur absolu.

Découverte stupéfiante la nuit dernière, à trois heures pile, en faisant un petit pipi : l'Univers se hait lui-même et son unique obsession est de se détruire jusqu'à ce que mort s'ensuive. À creuser plus tard, quand le souvenir précis de ce moment terrible et merveilleux me reviendra en mémoire avec toute la netteté de son écriture d'inconscient. Car il me devient de plus en plus évident que je la perds par petits bonds, jour après jour, cette qualité d'écriture-là dont je jouissais gratis quand je le désirais et si je le désirais. Elle me quitte volontairement, c'est sûr, elle n'aime plus mon travail qu'elle estime sans doute artificiel, donc médiocre. J'en souffre, je suis lésée, désemparée, mutilée même. Les lambeaux d'images ou de visions qui me restent parfois au cours de la journée suivante sont réduits à des à-peu-près cruels, empoussiérés. Le beau spectacle est mort, adieu spectacle, bonjour les cendres ! D'autant plus que ces trous de mémoire me font du mal dans la mesure où je crois les avoir mérités.

Ainsi la nuit dernière. Je n'étais plus un écrivain mais un dessinateur à qui l'on faisait confiance : on me passait une commande spécialement passionnante mais compliquée : douze portraits de femme — c'est-à-dire moi — diversement marquée par le destin, jeune et belle d'abord, puis étonnée, puis indignée, puis désespérée, avant d'être ressuscitée par l'éclat d'un immortel amour. Pourquoi me transformer en dessinateur aux dépens de ma vocation de romancière ? Les douze femmes que l'on m'ordonnait d'exécuter avec un crayon tout nu, presque enfantin, reniaient d'un coup mes livres qui m'ont donné tant de mal dans leur élaboration, les tortures que chacun d'eux m'imposait et continue à m'imposer. Ainsi me déclarait-on que ma vie tout entière n'était qu'une monstrueuse erreur d'itinéraire. Les douze femmes revêtues de draps blancs en sont l'illustration, et l'une d'elles — la plus déchue — avait les yeux bandés, signe d'une condamnation sans appel. Ni dessinateur ni écrivain : tel aurait dû être mon sort ici-bas. J'ai fait le tour de mon appartement en observant son décor avec l'abominable ferveur d'une condamnée à mort. Exact : je suis *regardée* par ce décor d'intimité, et j'*écoute* ce qu'il cherche à me communiquer.

Je suis l'accusée *majeure*. Aucun avocat ne consentirait à me défendre.

Terminer ce manuscrit le plus vite possible. Priorité absolue.

Chasser la mort. J'en suis encore capable.

Venise (prévue pour début juin) vient à nous plus vite que nous ne l'attendions.

Succession des Fêtes.

Afflux de joie. Combat. Calme.

La Fête, c'est être *deux* (Jim et moi).

La Tempête.

Moi de mon *Moi*, permets à ton juge intérieur de se retourner avec dépit. Tu m'agaces. Tu me troubles. Tu savoures tes faiblesses et tes fatigues que tu traites au fond de ta carcasse avec une complaisance indigne. « Terminer mon livre », ne cesses-tu de répéter sur un ton radoteur. Ça va, ça va, termine-le, mais fous-nous la paix à nous tous qui t'observons de près ou de loin. Tu nous fais une vie insupportable depuis un certain temps, mais ça va changer, j'en prends l'initiative. Tu ne finiras pas ton livre en enfer, je te jure, et grâce à moi, je veux dire grâce à Jim dont chaque souffle est une flamme. Écoute-le avec la même violence que la mienne. Je te prends par les cheveux, vieille chose inquiète, pour te ramener à nos autrefois si gais. Souris un peu, morne souris, et retrouve tes beaux rythmes d'avant. Ouvre ta fenêtre et penche-toi pour baigner ton visage dans la fraîcheur du soleil levant. Mets des baisers sur le soleil qui se nomme aussi Jim. De minute en minute il prend plus d'éclat et tu mérites, toi, petite innocente, d'être aimée par cet homme qui t'a tout donné. Ce n'est pas une raison pour plonger dans la sentimentalité de notre époque. Nos moi sont forts : ils ont même le droit d'être virils si l'occasion se présente. Voilà. Tu ris. Tu es rassurée.

Je reprends mon nid ronronnant à sa place, celle que nous préférons puisqu'elle est située entre la gorge et ton cœur. Ah ! non, s'il te plaît, prière de ne pas avaler de travers sous prétexte que je viens de te guérir. Bois un grand verre d'eau fraîche et dis-toi que j'ai eu raison de te sermonner — comme si j'étais ton mâle, pauvre femelle désabusée.

— Je m'ennuie de toi, dit Jim de bouche à oreille de scarabée. Puis : travaille bien. Ce soir, c'est la fête. Il m'a parlé depuis le taxi qui le ramène chez lui après une journée de travail harassant.

— Tu as bien dormi ?

— Merveilleusement. Et toi ?

— Moi aussi.

Ça y est, nous voilà tous les deux embarqués dans les eaux de notre écriture. Légèreté des épaules et du dos, porteurs de la tête inclinée au-dessus de la page en cours. Temps, tu peux courir, on s'en fout. Nous l'avons neutralisé à coups de stylo. Chacun des mots posés sur le papier le crible de plaies, il perd son sang. L'hémorragie achève de le vider, il s'évanouit, le Temps, il a compris son impuissance à nous arracher à notre passion, il va mourir, il meurt, nous voilà sauvés pour toujours. Du moins nous le croyons jusqu'au soir qui nous maintient dans un état de béatitude innocente. En fait, les écrivains sont tous des enfants, de grands enfants dont l'innocence est radicalement préservée. C'est tant mieux dans un sens. C'est tuant dans l'autre.

Le vent d'est s'est levé avec une brutalité quasi burlesque pendant notre dernière promenade. Sans qu'on ait pu le prévoir, fût-ce pendant trois secondes, le ciel s'est renversé comme un seau rejetant des flots de pluie noire, enflant le bras de mer élargi jusqu'au sommet des marches de l'église d'où les gens fuyaient en retroussant leurs habits. Dès lors, il était impossible de dissocier deux énergies qu'on imaginait contradictoires. Le Temps (que nous avions cru maîtriser dès ce matin) revient en force pour se précipiter sur le Vent : ces deux titans reniaient l'évidence d'un ciel et d'un sol. Le Temps est un corps. Le Vent est aussi un corps. Ils ont la science des contrastes. Ils ont décidé de mettre un terme à leurs contradictions à la façon de deux frères matraqueurs tout-puissants.

Nous sommes rentrés chez nous en courant et Jim a tout juste réussi à fermer les fenêtres en haut et en bas. Non, nous ne sommes pas dans la ville étrangère mais bien dans la maison d'ici dont tremblent les articulations de fer et de bois. Nous nous sommes enfournés en vitesse sous les couvertures. Comme d'habitude, Jim a plongé dans son sommeil sans m'attendre. Soudain j'ai pensé que la maison qui nous abrite avec une si grande bonté représente la force du Temps agressé par le Vent. Le Temps n'est rien d'autre qu'une sphère d'organes se mesurant à une autre sphère, celle du Vent. Ces deux lascars déchaînés se précipitent l'un sur l'autre animalement. Ils s'empoignent, se mordent avec rage, méditent la façon la plus cruelle de se terrasser : l'un des deux sera exterminé. Aucun raisonnement humain ne tient le coup dans l'affaire. Leur furieuse hostilité a la transparence d'un beau ciel d'été nocturne en dépit de ces agitations brisantes. La maison tout entière tremble et vacille, il s'en faudrait de peu pour qu'elle explose et s'écroule. Jim et moi, arrachés au sommeil, courons jusqu'à la fenêtre. La perspective ouverte des toitures hérissées de bataillons de cheminées rouges, le dôme illuminé du musée d'Orsay, les grondements du fleuve tout proche ne sont plus dans cette effroyable transmutation d'éléments que d'humbles outils pour un combat sans merci. Les conventions du Temps, brutalement anéanties, nous renvoient en arrière de nous-mêmes, jusqu'au centre d'une contrée de mémoire qui n'a plus aucune prise sur nous. Quel calme soudain ! Le calme qui nous enveloppe enfin est la plus moelleuse couverture qui soit, cachemire et soie, fluide heureux, nous sommes enfin repris en charge par le sommeil, nous sommes libres, nous n'avons plus besoin de résister au flux du Temps, du Vent enfin réconciliés. « Crois-tu que mon figuier a tenu le coup ? » murmure Jim qui s'est retourné dans le lit avec une brusquerie d'enfant. Son corps ample et chaud retrouve exactement l'intimité de ses conforts anciens. Pas besoin de répondre à sa question qui se résout d'elle-même sans effort. Bien sûr que son figuier a résisté à la tempête, et les autres arbres aussi : le cèdre, les pommiers, le bouleau tigré, etc., bref l'ensemble des animaux verts ombreux, qui lui versent depuis sa plus petite enfance les ombres dont il n'a cessé d'avoir besoin pour écrire. Il est sage sur ce plan-là tout autant que sur n'importe quel autre. La tentative de se chercher un quelconque abri mental dans le temps est vaine, une fois de plus. Se laisser piéger une fois de plus par les arbres morts du passé aurait été une folie dérisoire, nous avons toujours été les plus forts et nous le serons toujours.

Bizarre, tout de même, de constater *de visu* cet acte de paix sournois signé dans les limbes — en fin de nuit — entre le Temps et le Vent. Cela fait penser aux conventions hypocritement acceptées par deux ennemis politiques ivres d'ambition — c'est-à-dire deux enfants simples d'esprit. Ils s'imaginent que personne au monde n'est capable de comprendre leurs maigres et naïves stratégies cachées : pas vu, pas pris, la presse et ses diffusions instantanées n'existent pas encore pour eux, les splendeurs du mensonge et de la trahison leur appartiennent en toute justice de pourriture, et ils ne se privent pas d'en respirer les relents, unique moyen de rester vivants.

Mais voilà, si la tempête de l'an dernier a tout broyé en une seule nuit — maisons, forêts, routes, machines, tours, etc. — un nouveau jour s'est levé en méprisant les ruines entassées. La lumière du jour est royalement indifférente à l'égard de ce qui peut se passer sur la peau de la Terre. Qu'est-ce que la Terre ? Rien. Et nos petits corps se hâtent de le croire. Le désastre n'aurait pas eu lieu si les forêts mortes, ici, là, plus loin, n'exhibaient encore bon nombre de cadavres en attente d'être débités.

Jim est parti très tôt : deux rendez-vous de travail l'attendent, et c'est pressé. J'ai pris tout mon temps pour achever ma toilette, plus minutieuse encore que d'habitude, pourquoi ? Parce que le « pourquoi » des choses évite des explications. Voilà la raison majeure empêchant l'humanité d'être heureuse. Or je suis heureuse. Donc je n'essaie jamais de raisonner sur telle question risquant de troubler mon azur. Car, depuis Jim, l'azur (lui) est la puissance aérée par sa propre transparence que nulle créature ne serait capable d'exprimer. Seuls les artistes auraient ce don céleste, vivace, solitaire, fuyant ; douloureux, oui, mais comblant. Où suis-je en cet instant magique qui m'autorise à mettre bout à bout des mots si doux ? Eh bien, je viens de m'allonger sur la chaise longue de cuir capitonné : il soutient avec souplesse ce qui me reste de corps, celui-ci désirant fiévreusement ces mots-là ; doux, oui, mais incohérents. Est-ce que je rêve ? Pas du tout. À moins que le rêve ne soit le porteur essentiel de nos sens.

Je rêve ma réalité. Telle est ma tactique de survie depuis toujours. Plus je me rapproche de la frontière tombant à pic, là, presque à portée de main, plus l'inadmissible réalité rêvée prend une rigueur de bronze, oh ! mon Jim qui rentrera bientôt, joyeux, paisible, disant : « C'est la fête, ce soir », ou plus sobrement : « C'est la fête », ce qui est juste, plus chaud, plus libéré des moindres taches venues du monde extérieur. Nous mangeons, la musique et le vin sont nos gardes du corps, nous quittons nos habits, nous nous couchons dans le lit magique. Il quitte le port pour nous emporter au large et le silence nous sert de passeport, jamais rien n'oserait contrôler nos plongées, nos vols, nos virages d'atmosphère céleste, d'atmosphère céleste ou marine, peu importe, la liberté du sommeil a le don de nous séparer dans une série de sphères lointaines, inexplorées, où cet homme et cette femme qui n'ont jamais eu l'occasion de se rencontrer par souci d'indépendance se tiennent par la main sans rien savoir de l'autre.

Tiens, c'est plutôt curieux : mon interphone m'avertit, quelqu'un a poussé tout en bas dans la rue le bouton qui porte mon nom. Or il est à peine sept heures du matin, il fait noir encore, la rue est déserte, cet appel me paraît indécent. Malgré ça j'enfile ma robe de chambre et gagne aussi vite que possible l'entrée de l'appartement. L'appel s'est répété deux fois, je décroche : « Qui est là ? » dis-je.

— Moi.

Ma supposition est juste : c'est bien elle, mon moi numéro deux, qui saute toujours sur l'occasion de m'embêter pour un oui ou pour un non. Je la hais mais je ne résiste pas. J'ouvre. Elle entre. Sans façon elle s'assied, moi aussi, nos genoux se frôlent.

— Tu es si pressée ?

Très. Coup de fil de ma sœur il y a une heure à peine, depuis la grande maison délabrée de notre enfance à Bruxelles. Des hommes de peine sont venus y mettre de l'ordre, nettoyer chaque pièce de tout ce qui était encombrant, en particulier un grand sac contenant les choses relatives à mon enfance, cahiers, dessins, lettres, mes premiers petits textes, des notes, des brouillons. Ils ont emporté le grand sac qui m'était réservé depuis longtemps. Elle me précise que ces hommes l'ont jeté à la poubelle. Elle répète deux fois le mot *poubelle* avec une roublarde indécence, je connais par cœur ce naïf instinct destructeur de mon moi numéro deux, je n'ai même pas le droit de lui reprocher ça : ma vraie sœur n'est pas méchante, elle n'est que servilement inconsciente du mal, depuis qu'elle est toute petite elle ignore le mal, le mal, le mal. Elle rit. Elle se lève. Elle sort de la grande pièce comme elle y est entrée, « à bientôt, *sœur* », dit-elle en s'enfermant dans l'ascenseur qui se plaint presque animalement. J'ai froid. L'aube se lève. Mon enfance vient d'être dévorée par un quelconque tas d'ordures. Je n'ai pas eu d'enfance et je ne peux raconter ça à personne au monde, même à Jim que je reverrai seulement ce soir. On m'a gratté l'enfance jusqu'à l'os. Je ne suis pas née, je n'ai pas grandi, lu, dessiné, écrit le moindre livre. Je n'ai même pas eu le droit d'écrire, la quarantaine de romans dont j'ai cru être l'auteur sont nuls et non avenus. Mon unique sauvegarde ici-bas est de mener à bien les derniers feuillets éparpillés sur mon bureau dans un désordre volontairement caricatural, ce qui ne m'est pas habituel. J'aime au contraire les choses classées au millimètre près, cela me donne une certaine autorité géométrique chargée de tuer mes doutes et mes complexes. Je mérite de vivre encore un peu. Je m'attendris sur mon sort misérable. Quelques larmes brûlent mes yeux sans se détacher, ce qui est la pire des souffrances : sois humaine, souffrance, tue-moi d'un coup et je m'étendrai sur mon plancher tout nu en écartant les jambes à la façon des grands martyrs du Moyen Âge qui me font jouir aujourd'hui encore malgré mon âge. Ouvre-toi, livre. Ferme-toi, livre. Fous-moi la paix, enfin. Je refuse de te réserver ma complicité désormais. Assez de ton esclavage maudit. Tu ne devines pas encore ce qui va se produire : page après page, je vais te déchirer et te jeter par la fenêtre, l'air de l'aube te baladera avec une espièglerie aussi sauvage que raffinée, je verrai chaque fragment de mon « Futur immédiat » pris de folie joyeuse, se disperser, tourner en rond avec la légèreté d'un oiseau assassiné. Tu as cru être un écrivain, n'est-ce pas, romancière de mes fesses ? Eh bien, voilà ce que je fais de toi. Rien ne restera vivant de ta pauvre personne, déjà les premiers passants de l'aube te piétinent, quelques pigeons aventureux réduisent en miettes les ultimes déchets de pensée, de sentiment, de vérités, lâchant à mesure leurs excréments de miséreux.

7

« Tu es bien gaie, ce matin, madame Rolin », me souffle à l'oreille mon double moi sur un ton d'imbécile persifleur (il s'identifie au Père Ubu, ma parole !). « Est-ce parce que je viens te voir ? » Ce double désabusé de moi-même ne perd pas une occasion de me déstabiliser, surtout quand il me voit en difficulté devant ma page. Je fais semblant d'ignorer son intervention, meilleure façon de faire comme s'il n'existait pas.

Déjeuner rapide. Je soigne mes allures désinvoltes. J'ose m'aventurer jusqu'à Saint-Germain-des-Prés, c'est devenu une performance, dos douloureux, vertiges. Et surtout un excellent système de provocation à l'égard de mon minable ennemi. Le boulevard est un théâtre intime accueillant, ça calme, ça détend, ça me propose un rôle de figurant délectable, le flux des passants me frôle sans vraiment me voir, quel gala pour moi, romancière à plein temps. Certains d'entre eux semblent s'accrocher du regard mais ça ne signifie rien. Les yeux se bornent à n'être que de trompeurs petits outils uniquement destinés à consolider la toile jamais assez serrée d'innombrables solitudes. Aucune issue en perspective. Les meutes humaines vont et viennent interminablement, brisées d'avance par la loi sacrée de la non-communication.

« Je me tais, tu te tais, il se tait, bouche cousue », tel est le plus gaillard et le plus velouté des mots de passe, sinon c'est le drame, la catastrophe, un vrai séisme. Ça peut aller jusqu'au meurtre. Mais n'exagérons pas : l'instinct de conservation est là, splendide armure.

Si l'on refuse carrément d'attaquer ou de se défendre, on feint de s'accepter pour un oui ou pour un non, on converse à voix blanche, on remue des pièces de monnaie, on court d'un trottoir à l'autre avec un air de touchante détermination qui serait alors la clé de l'équilibre planétaire. Une telle interprétation est fausse, archifausse.

En réalité, le passant qui surgit puis disparaît en plissant le front est habité des pieds à la tête par une obsession originelle inavouable. Qui se résume par le mot *maman*.

Chacun possède la sienne, forcément.

Chacun se débrouille pour en faire ce qu'il peut, c'est-à-dire pas grand-chose. *Maman* est le champion toutes catégories.

Les unes ont la pudeur ou la malignité de se tenir à l'écart — mais le cas est rarissime. Quelques mères, au contraire, demeurent à l'avant-scène, engraissées par la fierté d'avoir pondu. Elles restent collées à leur sacré produit. Les plus audacieuses d'entre elles s'arrangent pour s'enfouir au fond du crâne du rejeton : elles s'y creusent patiemment un nid osseux douillet. Il y en a qui sont encore jeunes et belles. D'autres ravagées par la maladie. Il y en a d'autres qui sont déjà mortes, et ce sont ces dernières qui résistent le mieux, leur activité rageuse de mousquetaire consiste surtout à imprimer du coude ou du pied leur cachet filial. Le cerveau du rejeton essaie bien de s'en débarrasser par n'importe quel moyen. Rien à faire. La femelle remporte fatalement la victoire. « Maman », continue à gémir l'homme qui n'en peut plus de résister aux énergies du démon. Il répète maman, et encore maman, et toujours maman. Où es-tu ? Que fais-tu ? Tu oublies de changer mes langes, c'est vilain. À quoi penses-tu ? M'aimes-tu toujours, dis ? J'ai besoin que tu m'aimes longtemps encore. Mais tu t'en fiches, par distraction ou paresse, tu m'élimines sans tenir compte de mes douloureux regrets. Ah ! maman-maman, t'arrive-t-il de souffrir aussi de temps en temps en évoquant le fruit perdu de tes entrailles ? *Entrailles :* mot répugnant, mot déchirant qui nous écrase ensemble pour l'éternité. Dis-le-moi, je t'en prie, murmure le rejeton qui se réveille en sursaut pendant la nuit en retournant son oreiller trempé de larmes. Il ne parvient pas à se rendormir, la tête fracassée par une souffrance intolérable.

Jim et moi sortons à peine des turbulences d'un siècle déjà plombé par nos souvenirs. En simultané nous nous enfonçons vers une masse de futurs immédiats dont nous ignorons les ruses. Nous nous bornons à traverser avec fierté — sans les commenter, surtout pas ! — les quarantièmes rugissants de nos guerres internes. Jim se comporte en seigneur : il reste léger, flexible, fluide. Il me dit tout bas en riant « protège-nous », et cela suffit pour tuer mes peurs. Je me borne à suivre mon amour avec docilité. Nous réussissons à franchir la barre de l'extrême presque à notre insu. Nous avons tenu le coup contre vents et marées avec fierté.

Avec fierté nous nous installons devant la table du dîner. Jim débouche la bouteille de vin précieux en y posant vivement les lèvres. Il fait bon vivre, Jim assure que nous sommes sublimes. Pas de doute. Écoutez-le, vous autres. *Sublime* est un mot fort, catégorique, mais juste. Tout en mangeant et buvant, nous sommes deux planeurs magiques perdus au fond d'un ciel infini.

— Tu n'auras pas le temps, vieille folle (dit mon persécuteur) d'écrire le mot *fin*.

— Fous-moi la paix, désastreux bonhomme.

— Hi-hi, je te tiendrai jusqu'à la dernière heure. Tu y comptais pourtant sur ce mot magique. Les forces te manqueront grâce à moi car j'ai toujours dominé ta cervelle. Je te briserai les os. *Knock-out*, vieille poupée.

Très curieux mais évident. Au lieu de m'écraser, *knock-out* me fait flamber d'espoir. J'ai l'impression qu'un moteur tout neuf se met à ronronner dans ma poitrine. Je me redresse. En trois gorgées, je vide mon verre de vin. Mon ennemi originel a dépassé les bornes en me soufflant *knock-out* : il s'entête depuis toujours à méconnaître la grandeur roulante des mots les plus communs. Ah ! tu as voulu ma mort ? C'est raté pour ce soir.

Jim a senti que j'étais gravement menacée. Une fois de plus il me sauvera. Il a débarrassé la table, bu son café, retourné le disque de Mozart qu'il époussette d'un caressant coup de coude. *L'Enlèvement au sérail* explose pendant qu'il allume son cigare avec la robuste lenteur de l'habitude. J'ouvre la fenêtre sur la rue toute noire, percée ici et là par la lumière d'autres fenêtres encore éclairées. Des gens veillent ou lisent, ou travaillent, ou s'aiment, ou se flanquent des coups et des injures. Mais *L'Enlèvement au sérail* est plus fort que tout, il a pris possession de notre quartier, les bataillons fous des voix et des instruments dirigés par un chef grandiose fracassent à mesure les noctambules, qu'ils soient dehors ou tassés chez eux : petit à petit ou bien ils se plient à la splendeur de la musique ou bien ils enragent, ou bien ils s'endorment. « Un peu plus bas », dis-je à mon amoureux. Il baisse le son, l'opéra se clôt de lui-même.

Le silence de la nuit est le lac le plus profond de la terre.

Mon plaisir de ce matin paraît truqué tant il est fort et doux, imitant la réalité à la façon d'un décor de théâtre un peu kitsch. Pourtant je crois aux décors kitsch, j'apprécie parfois le mauvais goût d'un bonheur qui vous va bien comme une robe rebrodée de paillettes. Pourquoi ? Pour la simple raison que chaque plaisir, si latéral soit-il, s'inscrit aussitôt dans le tracé de l'écriture. Écrire, c'est un plaisir d'avant le plaisir, c'est la lancée du corps tout entier qui se met à flotter au-dessus du papier, en un lieu très précis et mystérieux où s'invente la cadence d'une phrase qui n'aura pas besoin d'être retouchée. État de pur émerveillement pendant quelques secondes, pas davantage. On a beau tenir avec fermeté un stylo, voir s'aligner des lignes, elles n'ont jusqu'alors qu'un sens virtuel, c'est-à-dire la promesse d'un sens, la certitude enflammée de sa signification imminente. Telle est la merveille de ce plaisir-là, visiblement indescriptible, permettant à l'*écriveur* de ne pas être encore un écrivain, mais il le sera bientôt sans avoir souffert les vertiges de l'avant et de l'après. On n'est rien d'autre qu'un dominateur céleste, oui, je peux l'assurer.

Et mon devoir solitaire consiste jusqu'alors à le tenir en compte au nom de l'humanité saisie dans sa totalité. Moi, l'infime Dominique, se voit chargée d'une mission singulière touchant de près ou de loin n'importe quel individu, si quelconque soit-il. Je donne alors une leçon planétaire. Vivre ne se borne pas seulement à vivre, ce qui serait d'une inacceptable mesquinerie. Vivre vraiment consiste à se re-naître sans interruption depuis l'instant pourtant crucial mais bénin où l'on est expulsé malgré soi d'un ventre de femme. Sortir d'un ventre, ce n'est rien du tout, ce n'est qu'une vague esquisse de chair, épuisée par principe dès qu'elle voit le jour. On aurait tendance à ne pas tenir compte du fait que ce malheureux bout de viande toute fraîche encore est pris d'emblée au piège d'un immense complot. Trop tard, trop tard pour hurler maman : elle n'écouterait pas, elle a autre chose à faire, d'ailleurs elle a déjà tout oublié vraiment. Un enfant qui naît est abandonné avant d'ouvrir les yeux pour la première fois : il est l'exilé majeur. Il a beau grandir, apprendre les bonnes manières, entrer à l'école, lire, écrire, trépigner de joie ou de colère, se déplacer sur ses pattes d'insecte dodu, gémir, chercher l'amour sans être sûr de le trouver, rien n'y fait : il restera jusqu'au bout d'un trajet interminable collé aux parois d'une prison monumentale.

Es-tu bien re-née, ma petite Domi ?

Mais oui. Je me porte bien, mes pattes sont seulement un peu plus raides qu'hier. Pas d'inquiétude : marche plus lente qu'autrefois, traversée du boulevard avec prudence. Pourtant je constate avec un certain étonnement que mon corps est soudain porté par une allure toute nouvelle, poussé en avant par une capacité de respiration depuis longtemps perdue. L'impression la plus forte, c'est que la traversée du carrefour se révèle d'une simplicité rapide, surnaturelle en somme, comme si la nuit dernière m'avait chassée de ma petite enfance et de ses premiers cauchemars. Je pousse la porte de la brasserie avec assurance. « Bonjour, madame », dit le patron venu m'accueillir. Et je m'entends répondre à ce gentil bonhomme assez laid, une épaule plus haute que l'autre, joues bouffies de fatigue, sourire complaisant, en le regardant droit dans les yeux :

— Bonjour, monsieur, je ne mourrai jamais.

Sans doute n'a-t-il pas entendu, il me propose une table libre à l'arrière-salle. Je commande un café, je lui répète d'une voix plus distincte :

— Voyez-vous, monsieur, je ne mourrai jamais.

Il acquiesce d'un léger coup de menton professionnel et disparaît.

Pourquoi faudrait-il mourir ? *Falloir* mourir. Que signifie en réalité ce monstrueux aphorisme auquel est soumise l'humanité depuis ses origines les plus burlesquement ignorées de nous, pauvres petits vivants désarmés. Je bombe un peu la poitrine, je suis contente, je suis contente, et ce n'est qu'à ce moment de gaieté toute païenne que je remarque enfin les tables d'à côté. À gauche, la vieille fille maussade aux bras nus, vêtue de la robe à fleurs qu'elle porte en toute saison, avalant à grandes gorgées le contenu de son deuxième pichet de vin avant de reprendre sur la banquette le magazine consacré au chanteur Sting. Elle en feuillette quelques pages puis recommence à boire et à manger avec *ardeur* (le mot est juste, il n'y en a pas d'autre). À droite le vieillard cassé en équerre savourant de sa mâchoire édentée d'épais morceaux de viande. M'ont-ils vue ? Oui ? Non ? Oui ? Non ? Eh bien, c'est oui. Le vieil homme cassé s'essuie les lèvres avec distinction puis se tourne vers moi. La fille aux bras nus me dévisage à son tour en gardant la tête basse, comme prise d'une honte éblouie. Je suis éblouie également, mais de fierté. Pour la première fois de ma vie, je dirige un séminaire, un séminaire d'une extraordinaire importance destiné à ces deux inconnus familiers tremblants de curiosité. J'évite de les regarder, leurs yeux sont trop brillants. Je commence : « Mes chers amis », d'une voix chevrotante, suivi d'un long silence.

Renversement implacable de situation.

D'un magistral coup de coude, j'envoie en l'air leurs consommations et les miennes, café, vin, assiettes et couverts, restes de nourriture, cruchon, condiments, etc. Le carrelage du sol est « un champ couvert de morts sur qui tombe le petit jour », variante agréable de monsieur Hugo, digéré par cœur autrefois. Je gagne avec orgueil le comptoir où j'accepte avec plaisir de rembourser les dégâts. Juste avant de sortir, je me retourne. Surprise ! La salle est vide. Mes compagnons de beuverie matinale ont vécu seulement dans mon esprit. Ça aide. Tout s'inscrit pour toujours dans l'extra-vécu de l'imaginaire.

Au secours, Maman ! Jim, tu es là.

J'ai mangé du lion sans doute. Éblouissant éclair de sensation : je touche enfin le but. Enfin, presque. Dépêchons-nous. Il est bien disposé à mon égard. Un but qui, par ailleurs, n'a rien d'un but. Pour être plus minutieuse dans l'analyse du terme, ma vie ne fut, n'est jusqu'ici qu'une série ininterrompue de buts sans conclusion.

Voilà qui me plaît, voilà qui m'excite et m'engage à y voir mieux. C'est déjà ça.

Mais il faut progresser, ma taupe. J'ai cessé d'avoir peur de n'importe quoi. Vif témoignage ce soir même juste avant de m'endormir. À la télévision passe un documentaire sur la vie d'une étoile de la danse à réputation universelle. Intéressant, interminable, assommant, atroce et merveilleux pour la seule raison qu'une danseuse n'a rien à voir avec une créature de sexe féminin. La caméra ne cessant de jouer avec cet être étrange qui tient à la fois du fauve et de l'insecte, on la voit tantôt de loin, membres noués ou détendus, pieds délicats aux orteils tendus sur la pointe, tantôt plus près, devant son miroir de toilette. Elle se penche avec une attention démente. La caméra joue avec les moindres détails du visage que la danseuse masse et brosse, maquille, humecte, poudre, dessine, colore, lisse, etc., d'une façon d'autosatisfaction rageuse. La caméra s'arrête sur l'œil, ah ! l'œil qui semble voracement décidé à me pénétrer. La double rangée des cils ressemble au corps d'une harpe géante, noire, palpitante. Terrifiant symbole allumé de la mort cherchant la mienne.

Au secours ! Pas ça. N'importe quoi mais pas ça. Arrière, Satan. L'écran s'éteint. Je m'endors illico. Et voici qu'un rêve me saisit au large du sommeil. On m'invite à l'ouverture d'une exposition mondiale des tableaux de Vermeer occupant les cinq étages d'une usine désaffectée. Murs en ruine, interminable escalier tournant, paliers impraticables, monceaux de déchets partout, portes fermées à double tour, fenêtres sur cour, où donc puis-je retrouver le lumineux peintre enchanteur de ma jeunesse, ses tentures richement damassées, ses intérieurs paisibles, ses femmes rieuses, moelleuses, ornées de perles ? Et les clavecins, les clavecins, pourront-ils au moins se faire entendre du fond des ténèbres ? L'œil d'une diva et ce Vermeer diabolisé ont essayé, à la façon de complices idiots et morbides, de me tirer une fois de plus loin du but.

— Non !

J'ai dû hurler. Quelle honte !

Main de Jim sur mon visage.

— Tu vas bien ?

— Très, très bien.

— C'est la Fête, ce soir.

Il faut toujours écrire le mot Fête avec une majuscule. Notre vie dans sa durée n'en est qu'une. Fête elle était. Fête elle est. Fête elle sera.

Mon sommeil de cette nuit fut calme et riche, ce qui ne m'est plus arrivé depuis pas mal de temps. Cela signifie que j'éviterai désormais les malsaines assiduités de la mort, cette gourde vulgaire et prétentieuse : elle cherchait par tous les moyens que je m'intéresse à elle. Son entreprise est ratée. Pourtant je dois rester attentive aux pièges qu'elle risque encore de tenter pour m'avoir trop tôt. Raidir mes muscles et ma volonté, telle est mon obsession joyeuse. Me conduire avec détermination vers la Fête qui m'attend là-bas, lumineuse et patiente, à tous les carrefours passés, présents et futurs. Jim sera là pour m'aider sans que je lui demande une quelconque intervention de sa part. Comme il sent tout par instinct, comme je le fais moi, nous n'avons pas besoin de parler de ces faux problèmes.

Exemple, nous voici soudain à Venise, en train de remonter les Zattere vers la Stazione marittima. Jim me serre le bras et la main avec encore plus de conviction que d'habitude. Nous avons bien travaillé depuis ce matin, nous avons la conscience tranquille, l'air salé est doux, le vent tombé, le soleil commence à descendre là-bas, le ciel, bleu jusqu'ici, devient rose clair, rose fort ensuite, puis rouge enflammé jusqu'à mettre en feu la tapisserie roulante et boursouflée du bras de mer élargi qui nous indique la bonne direction. Sur l'autre rive, le Redentore frappé de plein fouet par l'incandescence de la lumière, paraît se détacher de son socle incarnat, nous nous arrêtons un instant pour vérifier le phénomène.

Partout alentour, les gens s'arrêtent aussi. Nous ignorons tout de cette foule comme frappée par une grâce venue d'en haut, d'en bas, loin, près, à la fois vivante et pétrifiée. Tout peut arriver, nous n'en serions nullement surpris. La foule et nous reprenons la gestuelle d'une marche pourtant familière devenue une sorte de danse d'or sombre palpitant (le soleil ayant plongé dans la profondeur de son lit nocturne). Ce ballet musical nous appartient strictement à Jim et moi. La musique n'a jamais cessé d'incendier notre histoire. Observer les nuages en train de s'évaporer là-haut, c'est écouter. Il s'agit entre autres de l'acidité aiguë, parfois maniérée, de Gesualdo ; ou bien des dérapages poétiques s'élevant ou retombant de Monteverdi ; ou bien encore des bombardements extasiés, souvent joyeux, de Vivaldi, pour n'en choisir qu'une poignée d'exemples parmi des dizaines d'autres. Ceux que je nomme un peu par hasard sont surtout liés à la ville étrangère, devenus peu à peu, pendant une quarantaine d'années, notre trésor le plus sensuel d'écoute.

Nous atteignons le bas de l'escalier interdit que protège le feuillage compact d'un arbre dont nous n'avons jamais voulu savoir le nom.

Un paquebot tout blanc aussi haut qu'une ville, encore à quai, se prépare à prendre le large, tiré par les remorqueurs trapus comme des chiens de garde. Il mugit à plusieurs reprises, ses hautes cheminées crachent leur fumée.

Jim et moi échangeons un vif regard. Non, nous ne monterons pas à bord.

Nous n'avons aucune envie d'entreprendre une expédition lointaine qui ne nous apprendrait rien de neuf. Nous avons tout conquis à force d'immobilité, de concentration d'aventures, de certitudes attentives et reposées, tel est notre vrai travail. Notre sagesse amoureuse consiste à prolonger autant que possible le plus somptueux des surplace.

Nous voici revenus de notre détour par Venise. Jim dort encore, moi non, intriguée soudain par un futur immédiat auquel je n'ai jamais pensé jusqu'ici : le souvenir de mes atlas scolaires. Les cartes de géographie m'ont fascinée bien avant que je n'apprenne à lire ou à écrire. Pourquoi s'impose-t-il aujourd'hui, maintenant, avec la précision d'un papillon gourmand ? C'est comme ça. Je me borne à obéir à l'aveugle. Voici : nous sommes entraînés, Jim et moi, sur le territoire diversifié de notre double pays de naissance. Le mien situé au Nord, le sien au Sud. Le mien est bordé à l'horizontale par une mer grise ou presque noire, comme enflée intérieurement par la violence des courants. Le sien, c'est l'océan Atlantique traversant tout le pays, soumis à un principe de verticalité souple et fantasque. Mon horizontalité et la verticalité de Jim se sont reconnues dès le départ avec un pressentiment de certitude joyeuse fixée d'avance. Comme la peur m'obligeait à manquer d'audace, je traînais un peu avant d'y croire, ce qui n'a pas duré bien longtemps, n'est-ce pas ?

Les vagues de la mer du Nord sont mes comparses, mes compères, mes sirènes.

Les vagues de l'océan sont ceux de Jim.

Les miennes sont froides, agitées, obscures, saliveuses.

Celles de Jim sont chaudes, animées, avides, mangeuses de sable d'or fin. Les unes comme les autres ont depuis toujours l'intuition de la rencontre et de la fusion. Elles ont créé pour nous seuls ce que j'ai nommé par instinct l'univers mystérieux des « futurs immédiats », inventant ainsi la crête d'une vague unique, laquelle jamais ne retombe : elle est notre interminable ligne de faîte, de corps, de nerf, déroulant au-dessus de nous un ruban d'or et de moirures. Elle s'est chargée de nous. Elle crée et recrée (sans jamais la moindre interruption) un axiome linéaire éblouissant déroulé brusquement par-dessus nous : elle se nomme la Fête, la faim, la musique, le sommeil et le vin.

Là où nous sommes, la Fête ne fait que commencer. Et nous ne disparaîtrons jamais, à la fois par plaisir et par cupidité.

Petite suite en aparté mineur en guise de conclusion. C'est nécessaire. Je me conforme donc à ses volontés, lesquelles ne sont déjà plus tout à fait les miennes. Si je les apprécie ici même, c'est avant tout pour contrarier un certain travail de couleuvre souscutané qui s'est emparé de ma personne ces derniers temps sans me demander mon autorisation officielle. La couleuvre, grossièrement appelée *mort*, sera condamnée à perpétuité. Jim et moi sommes d'accord aussi sur ce point-là : il n'a pas le temps de s'y intéresser car il est débordé de travail. Défense à quiconque de freiner la marche incompressible du génie, clé de voûte du bonheur d'être.

Œuvres de Dominique Rolin (suite)

DULLE GRIET, *Denoël, 1977.*

L'ENRAGÉ, *Ramsay, 1978.*

L'INFINI CHEZ SOI, *Denoël, 1980.*

LE GÂTEAU DES MORTS, *Denoël, 1982.*

LA VOYAGEUSE, *Denoël, 1984.*

L'ENFANT-ROI, *Denoël, 1986.*

BRUGES LA VIVE, récit, *Ramsay de Cortanze, 1990.*

UN CONVOI D'OR DANS LE VACARME DU TEMPS, *essai, Ramsay de Cortanze, 1991.*

LES GÉRANIUMS, *nouvelles, La Différence, 1993.*

Achevé d'imprimer
sur Roto-Page
par l'Imprimerie Floch
à Mayenne, le 14 décembre 2001.
Dépôt légal : décembre 2001.
Numéro d'imprimeur : 52685.

ISBN 2-07-076339-0 / Imprimé en France.

5589